Bianca™

Sarah Morgan

Siempre el amor

HARLEQUIN™

Editado por HARLEQUIN IBÉRICA, S.A.
Núñez de Balboa, 56
28001 Madrid

© 2011 Sarah Morgan. Todos los derechos reservados.
SIEMPRE EL AMOR, N.º 2157 - 23.5.12
Título original: Once a Ferrara Wife
Publicada originalmente por Mills & Boon®, Ltd., Londres.

I.S.B.N.: 978-84-9010-863-5
Depósito legal: M-8389-2012
Editor responsable: Luis Pugni
Fotomecánica: M.T. Color & Diseño, S.L. Las Rozas (Madrid)
Impresión en Black print CPI (Barcelona)
Fecha impresion para Argentina: 19.11.12
Distribuidor exclusivo para España: LOGISTA
Distribuidor para México: CODIPLYRSA
Distribuidores para Argentina: interior, BERTRAN, S.A.C. Vélez
Sársfield, 1950. Cap. Fed./ Buenos Aires y Gran Buenos Aires,
VACCARO SÁNCHEZ y Cía, S.A.
Distribuidor para Chile: DISTRIBUIDORA ALFA, S.A.

Capítulo 1

Señoras *y señores, bienvenidos a Sicilia. Por favor, mantengan el cinturón de seguridad abrochado hasta que el avión se detenga por completo».*

Laurel mantuvo la vista fija en el libro. No estaba lista para mirar por la ventanilla. Aún no. Demasiados recuerdos esperaban, recuerdos que llevaba dos años intentando borrar.

El niño pequeño que había en el asiento de detrás de ella gritó y pateó el respaldo de su asiento con fuerza, pero Laurel solo era consciente de la bola de ansiedad que le atenazaba el estómago. Normalmente leer la tranquilizaba, pero sus ojos reconocían letras que su cerebro se negaba a procesar. Aunque una parte de ella deseaba haber elegido otro libro, otra parte sabía que habría dado igual.

—Ya puede soltar el asiento. Hemos aterrizado —la mujer que tenía al lado le tocó la mano—. Mi hermana también tiene miedo a volar.

—¿Miedo a volar? —repitió Laurel, volviendo la cabeza lentamente.

—No hay por qué avergonzarse. Una vez mi hermana tuvo un ataque de pánico en ruta a Chicago, tuvieron que sedarla. Usted lleva aferrando el asiento desde que salimos de Heathrow. Le dije a mi Bill: «Esa chica ni siquiera sabe que estamos sentados a su lado. Y no ha pasado una sola página del libro». Pero ya hemos aterrizado. Se acabó.

Laurel, absorbiendo el dato de que no había leído ni una página en todo el vuelo, miró a la mujer. Se encontró con unos cálidos ojos marrones y una expresión preocupada y maternal.

«¿Maternal?». A Laurel la sorprendió haber reconocido la expresión, dado que no la había visto nunca, y menos dirigida a ella. No recordaba haber sido abandonada en un frío parque, envuelta en bolsas de la compra, por una madre que no la quería, pero el recuerdo de los años que siguieron estaban grabados en su cerebro a fuego.

Sin saber por qué, sintió la tentación de confesarle a la desconocida que su miedo no tenía que ver con volar, sino con aterrizar en Sicilia.

—Ya estamos en tierra. Puede dejar de preocuparse —dijo la mujer. Se inclinó por encima de Laurel para mirar por la ventanilla—. Mire ese cielo azul. Nunca he estado en Sicilia. ¿Y usted?

—Yo sí —como la amabilidad de la mujer merecía una recompensa, sonrió—. Vine por negocios hace unos años —pensó que ese había sido su primer error.

—¿Y esta vez? —la mujer miró los ajustados pantalones vaqueros de Laurel.

—Vengo a la boda de mi mejor amiga —los labios de Laurel respondieron automáticamente, aunque su mente estaba en otro sitio.

—¿Una boda siciliana auténtica? Oh, eso es muy romántico. Vi la escena de *El padrino*, bailes y familia y amistades, fabuloso. Y los italianos son maravillosos con los niños —la mujer miró con desaprobación a la pasajera de la fila de detrás, que había leído todo el vuelo, ignorando a su hijo—. La familia lo es todo para ellos.

—Ha sido muy amable. Si me disculpa, tengo que salir –Laurel guardó el libro y se desabrochó el cinturón de seguridad, anhelando huir de ese tema.

–Ah, no, no puede dejar el asiento aún. ¿No ha oído el anuncio? Hay alguien importante en el avión. Por lo visto tiene que bajar antes que el resto de nosotros –se asomó por la ventanilla y soltó un gritito excitado–. Mire, acaban de llegar tres coches con cristales opacos. Y esos hombres parecen guardaespaldas. Oh, tiene que mirar, parece una escena de una película. Juraría que llevan pistola. Y el hombre más guapo del mundo está en la pista. ¡Mide más de un metro noventa y es espectacular!

Laurel sintió una opresión en el pecho y deseó haber sacado el inhalador para el asma, que estaba en el compartimento del equipaje de mano. Para evitar un indeseado comité de bienvenida, no le había dicho a nadie en qué vuelo llegaría. Pero una fuerza invisible la llevó a mirar por la ventanilla.

Él estaba en la pista, con los ojos ocultos tras unas gafas de sol estilo aviador, mirando el avión. El que tuviera acceso a la pista de aterrizaje decía mucho sobre su poder. Ningún otro civil habría tenido ese privilegio, pero ese hombre no era cualquiera. Era un Ferrara. Miembro de una de las familias más antiguas y poderosas de Sicilia.

«Típico», pensó Laurel. «Cuando lo necesitas, no aparece. Y cuando no es el caso...».

–¿Quién cree que es? –la amable compañera de vuelo estiró el cuello para ver mejor–. Aquí no tienen familia real, ¿verdad? Tiene que ser alguien importante si le dejan entrar en la pista de aterrizaje. ¿Qué clase de hombre necesita tanta seguridad? ¿A quién habrá venido a recibir?

–A mí –Laurel se levantó con el entusiasmo de un condenado camino a la horca–. Se llama Cristiano Domenico Ferrara y es mi esposo –pensó que ese había sido su segundo error. Pero pronto ella sería su exesposa. Una boda y un divorcio en el mismo viaje.

Eso sí que era matar dos pájaros de un tiro, aunque nunca había entendido qué tenía de bueno matar dos pájaros.

–Espero que tengan unas buenas vacaciones en Sicilia. No dejen de probar la *granita*. Es lo mejor –ignorando la mirada de preocupación de la mujer, Laurel sacó el bolso de viaje del compartimento superior y caminó por el pasillo dando gracias por haberse puesto zapatos de tacón. Los tacones altos proporcionaban seguridad en situaciones difíciles y, sin duda, esa lo era. Los pasajeros cuchicheaban y la miraban, pero Laurel no se daba cuenta; estaba demasiado preocupada preguntándose cómo sobreviviría a los siguientes días. Tenía la sensación de que iba a necesitar más que unos tacones de vértigo para salir adelante con bien.

«Testarudo, arrogante, controlador», ¿por qué había ido allí? ¿Para castigarse o para castigarla?

–*Signora* Ferrara, no sabíamos que contábamos con el placer de su presencia a bordo... –dijo el piloto, que la esperaba junto a la escalerilla de metal. Su frente estaba perlada de sudor–. Tendría que haberse presentado.

–No quería presentarme.

–Espero que haya disfrutado del vuelo –el piloto miraba la pista con nerviosismo.

El vuelo no podría haber sido más doloroso, porque volvía a Sicilia. Había sido una estúpida al pensar que podía llegar sin que nadie lo supiera. O Cristiano tenía los aeropuertos vigilados, o tenía acceso a las listas de pasajeros.

Cuando habían estado juntos, su influencia la había dejado boquiabierta. En su trabajo estaba acostumbrada a lidiar con celebridades y millonarios, pero el mundo de los Ferrara era extraordinario en todos los sentidos.

Durante un breve lapso de tiempo había compartido con él esa vida dorada y deslumbrante de los inmensamente ricos y privilegiados. Había sido como caer en un colchón de plumas tras pasar la vida durmiendo sobre hormigón.

Al verlo a los pies de la escalerilla, Laurel casi tropezó. No lo veía desde aquel día horrible cuyo recuerdo aún le daba náuseas.

Cuando Daniela había insistido en que cumpliera la promesa de ser su dama de honor, Laurel tendría que haberse negado porque suponía demasiado impacto para todos. Había creído que su amistad no tenía límite, pero se había equivocado. Por desgracia, era demasiado tarde.

Laurel sacó las gafas de sol del bolso y se las puso. Si él iba a jugara a eso, ella también jugaría. Alzó la barbilla y salió del avión.

El súbito golpe de calor tras la fría niebla de Londres la impactó. El sol caía sobre ella como plomo. Se aferró a la barandilla y empezó el descenso hacia el infierno que era la pista donde esperaba el diablo en persona. Alto, intimidante e inmóvil, flanqueado por guardaespaldas de traje oscuro, atentos a sus órdenes.

Era una llegada muy distinta a la primera, en la que todo había sido excitación e interés. Se había enamorado de la isla y de su gente.

Y de un hombre en concreto. De ese hombre.

No podía ver sus ojos, pero no necesitaba verlo para saber lo que estaba pensando. Percibía la tensión, sabía que él estaba siendo absorbido hacia el pasado, igual que ella.

—Cristiano —en el último momento recordó dar a su

voz un tono de indiferencia–. Podías haber seguido cerrando algún trato de negocios en vez de venir a recibirme. No es que esperara un comité con banderitas de bienvenida.

–¿Cómo no iba a venir a recibir a mi querida y dulce esposa al aeropuerto? –la boca dura y sensual se curvó levemente hacia arriba.

Tras dos años, la impactó volver a verlo cara a cara. Pero más impresionante fue el hambre fiera que le atenazó el estómago, el intenso deseo que creía había muerto junto con su matrimonio.

Eso la desesperó, porque era como una traición de sus creencias. No quería sentirse así.

Cristiano Ferrara era un bastardo frío, duro e insensible, que ya no merecía un lugar en su vida.

Se corrigió automáticamente: no, no era frío. Todo habría sido más fácil si lo fuera. Para alguien tan emocionalmente cauta como Laurel, Cristiano, con su expresivo y volátil temperamento siciliano, había supuesto una peligrosa fascinación. La habían seducido su carisma, su virilidad y que le impidiera esconderse de él. Le había exigido una honestidad que ella nunca antes había tenido con nadie.

En ese momento, agradeció la protección adicional que le otorgaban las gafas de sol. No le gustaba revelar sus pensamientos, siempre se había protegido. Confiar en él había requerido todo su coraje y por ello su traición había resultado más devastadora aún.

Aunque no le vio hacer ningún gesto, uno de los coches se acercó a ella.

–Sube al coche, Laurel –el tono de voz gélido la envolvió, paralizándola. No podía moverse. Miró el interior del lujoso vehículo, evidencia del éxito de los Ferrara.

Se suponía que tenía que subir sin hacer preguntas.

Seguir sus órdenes porque eso era lo que hacían todos. En su mundo, un mundo que la mayoría de la gente no podía ni imaginar, era omnipotente. Él decidía qué ocurría y cuándo.

Ella pensó que su tercer error había sido regresar. La ira que había controlado durante dos años empezaba a corroerla como un ácido.

No quería subir a ese coche con él. No quería compartir un espacio cerrado con ese hombre.

—Estoy mareada después del viaje. Antes de ir al hotel, voy a pasear por Palermo un rato —había reservado un hotel pequeño, invisible al radar de un Ferrara. Un sitio donde recuperarse del impacto emocional de asistir a la boda.

—Sube al coche, o te subiré yo —siseó él—. Avergüénzame en público otra vez y te arrepentirás.

Otra vez. Porque ella había hecho exactamente eso. Había tomado su orgullo masculino y lo había roto en pedazos, y él nunca la había perdonado.

Perfecto, porque ella no lo había perdonado a él por abandonarla cuando más lo necesitaba.

No podía perdonar ni olvidar, pero daba igual porque no quería reavivar su relación. No quería arreglar lo que habían roto. Ese fin de semana no tenía que ver con ellos, sino con la hermana de él.

Su mejor amiga.

Laurel se centró en esa idea, agachó la cabeza y subió al coche, agradeciendo los cristales opacos que la ocultarían del escrutinio de los pasajeros que observaban desde el avión.

Cristiano se reunió con ella y los pestillos de seguridad chasquearon, recordándole que la adinerada familia Ferrara siempre era un objetivo y necesitaba protección.

Él se inclinó hacia delante y le habló al chófer en el

italiano, cantarín y sedoso, que ella adoraba. Dados sus negocios internacionales, usaba más el italiano que el dialecto siciliano local, más gutural, aunque no le costaba nada cambiar de uno a otro.

−¿Cómo sabías que venía en ese vuelo? −preguntó Laurel, envidiando la libertad de los pasajeros que empezaron a desembarcar.

−¿Lo preguntas en serio?

Si había algo que la familia Ferrara desconocía, era porque no le interesaba. La amplitud y alcance de su poder era abrumadora, sobre todo para alguien como ella, llegada de la nada.

−No esperaba que me recibieras. Iba a ponerle un mensaje a Dani, o llamar a un taxi, o algo.

−¿Por qué? −su musculosa pierna estaba muy cerca de la de ella, invadiendo su espacio personal−. ¿Querías averiguar si pagaría el rescate si te secuestraban? −exudaba poder y, de repente, ella comprendió por qué se había dejado llevar. Apenas podía pensar en su presencia. Incluso en ese momento, su sexualidad la dejaba sin aire.

−Pronto tendremos la sentencia de divorcio −intentó ampliar la distancia entre ellos−. Seguramente les habrías pagado para librarte de mí. Tu insolente y desobediente exesposa.

−Hasta que la tinta se seque en esos documentos, eres una Ferrara. Actúa como una −la tensión entre ellos adquirió un punto máximo.

Laurel recostó la cabeza. Laurel Ferrara. Un recordatorio legal de que había tomado una mala decisión. El apellido sonaba mejor que la realidad.

La grande y poderosa familia Ferrara estaba unida por vínculos de sangre y siglos de historia. El apellido era sinónimo de éxito, deber y tradición. Incluso Daniela, a pesar de su rebeldía y su educación en una universidad inglesa, iba a casarse con un siciliano de buena familia. Su futuro estaba planificado. Pasado un año tendría un bebé. Y después otro. Eso hacían los Ferrara. Traer a otros Ferrara al mundo para continuar la dinastía.

Laurel sintió ardor en la garganta y volvió a dar gracias por las gafas de sol que ocultaban sus ojos. Había muchas cosas sobre las que no se permitía pensar. Lugares que su mente tenía prohibidos.

Hacia más de dos años que no lo veía y se había obligado a no mirar sus fotos ni buscar imágenes en Internet, consciente de que la única forma de sobrevivir era borrarlo de su cerebro.

Pero era imposible. Cristiano era tan guapo que, fuera donde fuera, las mujeres se lo quedaban mirando. Eso la había irritado aun sabiendo que él no hacía nada para atraer esa atención.

El deseo ganó la partida a la fuerza de voluntad y lo miró de reojo.

Incluso con vaqueros negros y una camisa polo, estaba tan espectacular que su cuerpo vibró, reaccionando a esa masculinidad salvaje que era parte inherente de él. Esa virilidad era su orgullo, y ella le había propinado un golpe letal.

–¿Por qué no ha venido Dani contigo?

–Mi hermana cree en los finales felices.

Ella se preguntó qué se suponía que quería decir eso. ¿Acaso Daniela creía que dejándolos solos caerían uno en brazos del otro, salvando un abismo mayor que el del Cañón del Colorado?

–Siempre creyó en los cuentos de hadas – Laurel rememoró los amagos casamenteros de Dani en la universidad. Un recuerdo del pasado se hizo presente en la tristeza de su mente. Una habitación infantil, con cama con dosel y bonitas lámparas. Estanterías de libros que dibujaban la vida como una aventura feliz. Un dormitorio de fantasía. Enojada consigo misma por pensar en eso, movió la cabeza para desalojar la imagen–. Dani es una romántica incurable. Supongo que por eso va a casarse a pesar de... –calló, pero él terminó la frase.

–¿De ser testigo del desastre de nuestro matrimonio? Teniendo en cuenta tu relajo con los votos matrimoniales, me asombra que hayas accedido a ser dama de honor. Una decisión bastante hipócrita, ¿no crees?

Él le echaba la culpa, absolviéndose de toda responsabilidad, pero Laurel no se molestó en discutir. Si la odiaba, mejor. Su hostilidad servía para envenenar los peligrosos sentimientos que escondía en lo más profundo del corazón.

En cuanto a ser dama de honor de Dani... Laurel había pensado en un millón de razones para negarse, pero no había podido decirle ninguna a su amiga. Ese había sido su cuarto error. No entendía cómo había cometido tantos.

–Soy una amiga leal.

–¿Leal? –lenta y deliberadamente, se quitó las gafas de sol y la miró. Los ojos oscuros enmarcados por espesas pestañas mostraron su lucha interna–. ¿Te atreves a hablar de lealtad? Puede que sea un problema lingüístico porque no compartimos la definición de la palabra –a diferencia de ella, no escondió sus emociones.

Eso hizo que Laurel se retrajera. Ya tenía bastante con manejar sus propios sentimientos. Se apretó contra el asiento e intentó calmar su respiración. Podría haberle lanzado sus acusaciones, pero eso los habría llevado de vuelta al pasado y ella quería avanzar. Sintió que tenía los dedos helados y le temblaban las piernas.

–Si vas a entregarte a una de tus volcánicas explosiones estilo siciliano, al menos espera hasta que estemos en una habitación. Solo es una boda, podemos pasar el trago sin matarnos.

–¿Solo una boda? Así que las bodas no tienen mayor importancia, ¿es eso, Laurel?

–Vamos a dejarlo, Cristiano –dijo. Él era incapaz de entender que podía haberse equivocado, incapaz de pedir disculpas. Sabía que la ausencia de la palabra «perdón» en su vocabulario era cuestión de ego, no de pobreza lingüística.

–¿Por qué? ¿Por qué te da miedo sentir? Admítelo. Te aterroriza lo que sientes cuando estás conmigo. Siempre ha sido así.

–Oh, por favor...

–Te quema, ¿verdad? –su voz sonó suave y peligrosa–. Te asusta tanto que tienes que rechazarlo. Por eso te fuiste.

–¿Crees que me fui porque me daba miedo cuánto te quería? –llameaba de ira–. Eres tan arrogante que necesitas una isla entera para alojar tu ego. ¿Seguro que Sicilia es lo bastante grande? ¡Tal vez también deberías comprar Cerdeña!

–Estoy en ello –replicó, lacónico y sin atisbo de ironía–. Si no te importa, ¿por qué no has vuelto?

–No había nada por lo que volver –Laurel miró al frente pensando que, sin embargo, había muchas razones para mantenerse alejada.

–Tienes buen aspecto. ¿Liberas el estrés haciendo ejercicio?

–Me gano la vida con el ejercicio, es mi trabajo. He venido por tu hermana, no por nos... –la palabra se le atragantó– por ti o por mí.

–Ni siquiera puedes decirlo, ¿verdad? Nosotros, tesoro. Esa es la palabra. Pero el concepto de formar parte de un «nosotros» siempre fue tu mayor reto –Cristiano se recostó, relajado y seguro de sí mismo–. Prefiero que no utilices la palabra «leal» con respecto a ti misma. Esa me irrita de verdad. Seguro que lo entiendes.

Laurel se sentía como un torero ante un toro bravo, pero sin más protección que su propia ira. Y esa ira la quemaba, porque él hablaba como si no hubiera tenido nada que ver con la ruptura.

«Es incapaz de verlo», pensó. Era incapaz de ver lo que había hecho mal. Y eso hacía que todo fuera mil veces peor. Una disculpa podría haber ayudado, pero antes de pedir perdón, Cristiano tendría que admitir que tenía parte de culpa.

–¿Cómo está Dani? –preguntó, prefiriendo cambiar de tema.

–Deseando forma parte de un «nosotros» oficial. A diferencia de ti, no teme la intimidad.

Ella recordó haber pensado que su relación era demasiado perfecta. El tiempo le había dado la razón. Había sido una perfección tan frágil como el algodón de azúcar.

–Si vas a seguir metiéndote conmigo, tal vez debería tomar el primer vuelo de vuelta a casa.

–Nada de eso, sería demasiado fácil. Al fin y al cabo, eres nuestra huésped de honor.

El tono amargo de su voz le dolió más que sus palabras, era como frotar un limón en una herida abierta. A veces, cuando el dolor era insoportable, Laurel se preguntaba si habría sido mejor no conocerlo nunca. Siempre había sabido que la vida era dura, y conocer a Cristiano Ferrara había sido como convertirse en protagonista de su propio cuento de hadas. Lo que no había sabido era cuánto más dura sería la vida tras renunciar a él.

–Es obvio que venir no ha sido buena idea.

–Si no se tratara de la boda de Dani, no se te habría permitido poner un pie en la isla.

Ella no dijo lo obvio: la boda de Dani era lo único que podría haberla llevado allí. El divorcio podía solucionarse con distancia de por medio.

Llevaban quince minutos conduciendo por Palermo, un caos de calles repletas de iglesias góticas y barrocas y palacios antiguos. En la zona centro se encontraba el Palazzo Ferrara, residencia urbana de Cristiano, que a veces se utilizaba para bodas y conciertos, cuyos mosaicos y frescos atraían a estudiosos y turistas de todo el mundo. Era una de sus muchas casas y apenas la utilizaba.

Laurel, en cambio, se había enamorado de ella. Tuvo que esforzarse para no pensar en la diminuta capilla privada en la que se habían casado.

Sabía que él, a pesar de su linaje aristocrático y su conocimiento enciclopédico del arte y la arquitectura siciliana, prefería un entorno moderno con los últimos avances tecnológicos. Cristiano sin Internet sería como Miguel Ángel sin un pincel.

Miró por la ventanilla y vio que se habían incorporado a la carretera que llevaba al Ferrara Spa Resort, uno de los mejores hoteles del mundo, el sueño de cualquier viajero. Un escondite para la esfera más alta de la sociedad internacional que buscaba privacidad. Allí estaba garantizada, tanto por la legendaria seguridad Ferrara como por la geografía costera. Los hermanos Ferrara habían construido el exclusivo complejo vacacional en una península de playa privada y exuberantes jardines. Era un paraíso mediterráneo en el que cada villa era la pura expresión del lujo y la intimidad.

Había sido allí, en un exclusiva villa situada en un promontorio rocoso, al final de la playa privada, donde habían pasado las primeras noches de su luna de miel. La villa que Cristiano había construido para sí mismo. El paraíso de un soltero.

–He reservado una habitación en otro hotel –Laurel se había puesto rígida. No podían haberle reservado una habitación allí.

–Sé perfectamente dónde ibas a alojarte. Mi oficina canceló la reserva. Te quedarás donde yo diga y agradecerás la hospitalidad siciliana, que nos impide rechazar a un invitado.

–Mi plan era alojarme en otro sitio y asistir solo a la boda –a Laurel se le encogió el estómago.

–Daniela quiere que participes en todo. Hoy es la fiesta local. Traje y corbata. Bebida y baile. Como dama de honor, se espera tu presencia.

¿Bebida y baile? Laurel sintió un escalofrío.

–No pensaba participar en las celebraciones prenupciales. He traído mi ordenador portátil. Ahora mismo tengo mucho trabajo pendiente.

–Me da igual. Estarás allí y sonreirás. Nuestra separación es amistosa y civilizada, ¿recuerdas?

Lo que ella sentía y lo que veía en los ojos de él distaban muchísimo de algo civilizado. Su relación nunca lo había sido. Habían compartido una pasión ardiente, salvaje y sin control. Por desgracia, esas llamas habían consumido su capacidad de pensar.

Laurel inspiró profundamente, la apabullaba la idea de ver a los Ferrara. La odiaban, por supuesto. En parte, lo entendía. Desde su punto de vista, era la chica inglesa que había renunciado a su matrimonio, algo imperdonable en su círculo. En Sicilia los matrimonios sobrevivían. Si había alguna aventura, se hacía la vista gorda.

Ella no sabía qué decía el manual sobre lo que les había ocurrido a ellos. Cuáles eran las normas para sobrellevar la pérdida de un bebé y el apabullante egoísmo de un esposo.

Lo único que la había ayudado en todo el desastroso

episodio había sido que Dani, la generosa y extrovertida Dani, se había negado a juzgarla. Y, para agradecer ese apoyo, allí estaba, enfrentándose a un infierno por su mejor amiga.

–Haré lo que se espere de mí –dijo ella, pensando que era una actuación. Si tocaba sonreír, sonreiría; si bailar, bailaría. De niña había aprendido a ocultar sus emociones: lo exterior no tenía por qué reflejar lo interior.

Se sintió capaz de enfrentarse a la situación hasta que cruzaron las verjas del complejo y comprendió que el chófer tomaba la carretera privada que iba a Villa Afrodita. La joya de la corona. El escondite y respiro de Cristiano tras las exigencias de su imperio empresarial.

Cuando habían construido el complejo, habían instalado allí la sede de la corporación. Laurel siempre había admirado la oficina de Cristiano, que sacaba el máximo partido del entorno costero. Cristiano era ingeniero de estructuras y su talento era visible en el innovador diseño de su oficina.

Previsiblemente, las paredes eran de cristal. Lo inesperado era que el suelo, que se extendía por encima del agua, también lo era; el colorido de los peces mediterráneos que nadaban bajo los pies del visitante, eran una distracción segura.

Era típico de Cristiano combinar lo estético con lo funcional, y lo hacía en todos sus hoteles.

–No veo por qué una oficina tiene que ser una caja aburrida en el centro de una ciudad llena de contaminación –había dicho cuando ella vio su despacho por primera vez–. Me gusta el mar. Así, aunque tenga que estar trabajando, lo disfruto.

Esa amplitud de miras, junto con su sofisticación y

aprecio del lujo había hecho que su empresa fuera todo un éxito.

–¿Por qué vamos por esta carretera? No voy a alojarme aquí –preguntó ella, descompuesta. Villa Afrodita le recordaba su luna de miel, tan feliz y cargada de esperanzas de futuro.

–¿Qué importa dónde duermas? –su voz sonó dura y despiadada–. Si lo que compartimos fue «solo una boda», aquí tuvimos «solo una luna de miel», así que el lugar no tiene valor sentimental para ti. Es solo una cama.

Laurel intentó regular el ritmo de su respiración. Llevaba un inhalador para el asma en el bolso, pero no iba a utilizarlo delante de él excepto en caso de vida o muerte.

La había atrapado. Si admitía lo que le hacía sentir el lugar, revelaría sentimientos que no quería revelar. No admitirlo suponía alojarse allí.

–Es tu mejor propiedad –sabía que a veces se la había prestado a músicos y actores famosos de luna de miel–. ¿Por qué desperdiciarla en mí?

–Es la única cama libre del complejo. Duerme en ella y agradécelo –su voz sonó tan fría y objetiva que por un momento ella creyó que la villa no significaba nada para él. Para un hombre que tenía cinco casas y pasaba la vida de viaje de negocios, no era más que otra lujosa vivienda.

O tal vez la llevaba allí para castigarla.

–Bueno, por lo menos tiene buena conexión de Internet –dijo ella, mirando al frente. Intentó no recordar que mirarlo a los ojos había sido su pasatiempo favorito, por la increíble conexión que sentía. Con él había descubierto la intimidad, que conllevaba apertura y, a su vez, vulnerabilidad, como había descubierto a su pesar.

Él le había exigido su confianza, y había terminado

rindiéndose. Y después él le había fallado de tal manera que no creía que sus heridas llegaran a cicatrizar nunca.

–Se te trata como a una huésped de honor. Los dos sabemos que es más de lo que mereces. Vamos –sin darle tiempo a discutir, abrió la puerta y bajó del coche con el ímpetu que lo caracterizaba.

Laurel comprendió que él solo pensaba en que ella lo había dejado. Se centraba en su orgullo, no en la relación. Se consideraba la parte agraviada.

No tuvo más opción que seguirlo por el camino que llevaba a la villa. Sabía que dentro el aire acondicionado sería un alivio tras el sol siciliano. A no ser que fuera la pasión lo que la quemaba.

Cristiano abrió la puerta mientras el chófer retrocedía y ponía rumbo al hotel principal.

–¿Por qué no te ha esperado? –preguntó Laurel. Entró intentando no recordar su noche de bodas, cuando había cruzado el umbral en brazos de él.

–¿Por qué crees? –dejó la maleta en el suelo–. Porque yo también me alojo aquí.

–Por favor, dime que eso es una broma... –su voz sonó rara, automática–. Solo hay un dormitorio –un dormitorio enorme con vistas a la piscina y a la playa. El dormitorio en el que habían pasado largas y ardientes noches juntos.

–Culpa a Dani. Es su boda y ella distribuye las habitaciones –Cristiano sonrió con amargura.

–¡No voy a compartir una cama contigo! –casi gritó ella. Él se volvió con expresión feroz.

–¿Crees que necesitas decirme eso? ¿Crees que te aceptaría en mi cama después de lo que hiciste?

Con el corazón martilleándole en el pecho, ella dio un paso atrás, aunque sabía que él nunca le haría daño. Al menos, no físico.

–No puedo quedarme aquí contigo –las emociones afloraban desde dentro, incontenibles–. Es demasiado...

–Demasiado ¿qué?

A ella se le aceleró el corazón. Él era experto en leerle la mente y era imperativo que no lo hiciera en ese momento. Agradeció su práctica a la hora de esconder lo que sentía.

–Es incómodo –dijo con frialdad–. Para ambos.

–Creo que «incómodo» es el menor de nuestros problemas –él apretó los labios–. No te preocupes, dormiré en el sofá. Me resultará fácil no tocarte, tranquila. Ya tuviste tu oportunidad –con una indiferencia insultante, se alejó de ella.

Sin embargo, había rastros suyos por todas partes: una chaqueta sobre el respaldo de un sillón, un vaso de limonada a medias, su ordenador portátil en reposo, porque trabajaba tanto que nunca lo apagaba. Todo eso era parte de él, demasiado familiar, y ella sintió que la ahogaba.

Habría querido dar marcha atrás al reloj, pero no habría sabido hasta qué momento. Su amor había estado condenado desde el principio.

Entre los dos habían conseguido que Romeo y Julieta parecieran una pareja divina.

Capítulo 2

CRISTIANO vació el vaso de whisky de un trago, intentando mellar la mordedura de sus emociones mientras esperaba a Laurel en la terraza de la villa.

Se había prometido distanciamiento y fría calma, pero esa resolución había durado hasta que ella bajó del avión. Igual que su plan de no hacer referencia a su situación. Las emociones conflictivas se habían desatado como una tormenta interior, que había empeorado al ver la ausencia de respuesta de Laurel, que había convertido en un arte la ocultación de sus sentimientos.

Cristiano, deseando tener tiempo para ir a correr un rato y quemar la adrenalina que le abrasaba las venas, llevó los dedos al cuello de la camisa blanca de vestir y lo aflojó un poco. Rellenó el vaso con mano temblorosa.

Ella seguía culpándolo, era obvio, pero también seguía sin querer hablar del tema. Él lo había intentado después del suceso, pero ella parecía conmocionada. Su reacción a la pérdida del bebé había sido mucho peor de lo que él había esperado.

Él había atemperado su propia tristeza con realismo. Esas cosas ocurrían. Su madre había perdido dos bebés, su tía, uno. Era el primer embarazo de Laurel y él había estado filosófico.

Ella, inconsolable. Y testaruda.

Aparte del mensaje que había dejado en su buzón de

voz, diciéndole «que no se molestara en abreviar su reunión porque había perdido el bebé», se había negado a hablar de lo ocurrido.

El sudor perló su nuca y deseó por enésima vez no haber apagado el teléfono antes de entrar a esa reunión. Si hubiera contestado a la llamada, ¿estarían en una situación distinta?

Al pensar en la celebración que tenía ante sí, deseó vaciar la botella de whisky. Anestesiarse para paliar su dolor. Tal vez odiaba las bodas porque su matrimonio había sido un desastre total.

Una parte de él deseaba que su hermana se hubiera fugado sin más. Pero se casaba con un siciliano y sería una boda siciliana tradicional. Se esperaba que él, como hermano mayor y cabeza de familia, jugara un papel importante en las celebraciones. El honor de la familia y la imagen de la dinastía Ferrara estaban en juego.

–Estoy preparada –dijo una voz a su espalda.

Él tomó aire antes de darse la vuelta. Aun así, la conexión fue inmediata y poderosa. Era como estar atrapado en una tormenta eléctrica. El aire chisporroteaba y siseaba a su alrededor desde que ella había cruzado el umbral.

«¿Preparada?». Estuvo a punto de echarse a reír. Ninguno de ellos estaría nunca preparado para lo que estaba por llegar. Su separación había atraído casi tanta atención como su boda. Esa noche no habría cámaras, pero los invitados sentían una macabra fascinación por saber cómo iba a tratar a la mujer que lo había abandonado de manera tan escandalosa.

Al mirarla, la atracción le atenazó el estómago. Su cuerpo, esbelto y en forma, estaba envuelto en un vestido de fina seda azul. El vestido no habría tenido perdón con la mayoría de las mujeres, pero Laurel no necesitaba perdón. Su cuerpo era su imagen de marca, y se vestía para lucirlo y publicitar su empresa. No le habría sorprendido ver la dirección de su página web impresa en el bajo: Fitness Ferrara. Él había sido quien, viendo su potencial, la había animado a expandirse y pasar del entorno personal al corporativo.

No era bella en el sentido clásico, pero su coraje y su empuje habían sido mejor afrodisiaco que una melena rubia y un pecho generoso. Solo él sabía que la apariencia sobria y el carácter de tigresa escondían una inseguridad monumental.

Viendo su aspecto exterior nadie habría adivinado el caos que era por dentro; él nunca había conocido a nadie más traumatizado que Laurel. Había tardado meses en conseguir que se abriera un poco y, cuando lo hizo, la cruda realidad de su infancia lo había impactado. La sucesión de casas de acogida y abandonos le había ayudado a empezar a entender por qué era tan distinta de otras mujeres.

Se preguntó si había sido arrogancia lo que le había hecho creer que podía derribar sus defensas. Le había exigido confianza a quien no tenía razones para confiar y el resultado final había sido terrible.

Toda culpabilidad que pudiera haber sentido por su comportamiento entonces, la había borrado la ira de que ella no le hubiera dado la oportunidad de arreglarlo. Había puesto fin al matrimonio con la firmeza de un verdugo, rechazando tanto una conversación racional como los diamantes que le había comprado a modo de disculpa.

Estudió su rostro buscando algún rastro de arrepentimiento, pero no lo vio. Ella se había adiestrado para no revelar nada y no confiar en nadie. Sacarle información había sido todo un reto.

–La habitación con vistas al jardín ha pasado de gimnasio a sala de cine –comentó ella, neutral.

Sin duda lo había notado porque ese era su trabajo, y Laurel se entregaba a su trabajo al cien por cien. Por eso la habían querido en su empresa. Desde que la prensa había proclamado su éxito con una actriz con exceso de peso, Laurel Hampton se había convertido en la entrenadora personal que todos deseaban. Que hubiera accedido a asesorar al hotel había sido una suerte para ambos. Sus apellidos eran una combinación ganadora.

Hampton se había convertido en Ferrara. Y entonces la combinación había estallado.

—No necesito un gimnasio cuando estoy aquí.

Cristiano frunció el ceño al ver la fina cadena de oro que rodeaba su cuello. Que llevase puesto algo que no reconocía elevó su tensión al máximo. Él no le había dado la cadena, ¿quién había sido?

Por primera vez, imaginó unas manos masculinas poniéndosela en el esbelto cuello. Otro hombre tocándola, preguntándole sus secretos...

El ruido del vaso estrellándose contra el suelo lo devolvió a la realidad.

—Iré a por un cepillo —Laurel retrocedió, mirándolo como si fuera un tigre salvaje.

—Déjalo.

—Pero...

—He dicho que lo dejes. El servicio lo recogerá. Tenemos que irnos. Soy el anfitrión.

—Todos los invitados se harán preguntas.

—No se atreverán. Al menos, públicamente.

—Perdona —rio con amargura—. Había olvidado que puedes controlar el pensamiento de la gente.

Cristiano no sabía cómo iba a sobrevivir a las horas siguientes. El collar de oro destelló al sol, incitándolo. Impulsivamente, agarró la mano izquierda de ella y la alzó. Ella emitió un sonido ronco y tironeó, pero él apretó más, asombrado por el dolor que le causó ver el dedo desnudo.

—¿Dónde está tu alianza?

—No la uso. Ya no estamos casados.

—Estamos casados hasta que estemos divorciados, y en Sicilia eso requiere tres años... —apretó los dientes y sujetó su mano con fuerza.

—Es un poco tarde para ser posesivo. El matrimonio es más que una alianza, Cristiano, y más que un trozo de papel.

—¿Tú me dices a mí lo que es el matrimonio? ¿Tú, que trataste el nuestro como algo desechable? —indignación y furia se unieron en un cóctel letal—. ¿Por qué no llevas la alianza? ¿Hay otra persona?

—Este fin de semana no tiene que ver con nosotros, es por tu hermana.

Él había querido una negativa. Había querido verla reír y decir: «Claro que no hay otra persona, ¿cómo podría haberla?».

Había querido que admitiera que habían compartido algo único y especial. Sin embargo, ella lo desechaba como un error del pasado.

Llevado por una emoción que no entendía, agarró sus hombros y la atrajo hacia sí, sin control. El que ella pareciera indiferente intensificaba su necesidad de obtener una respuesta.

Laurel perdió el equilibrio un instante, cayendo hacia él. Bastó ese leve contacto para que el calor de sus cuerpos se mezclara. Ella jadeó y él sintió una intensa oleada de deseo. Eso confirmaba lo que él ya sabía: la química seguía siendo tan potente como siempre. Él supo que iba a besarla y que, si empezaba, no podría parar. Por lo visto, ni siquiera su traición había cambiado eso.

–No hay nadie más –dijo ella–. Una relación pésima en la vida es suficiente.

Sus palabras actuaron como un cubo de agua fría sobre el rescoldo de las llamas. Cristiano la soltó con tanta rapidez como la había agarrado. Durante toda su vida las mujeres se habían arrojado a sus pies, y había asumido como derecho poder conseguir a la mujer que quisiera. Entonces había conocido a Laurel y recibido el bofetón de su propia arrogancia.

–Esperan nuestra presencia en la cena –Cristiano se apartó de ella, necesitaba espacio.

–Voy a llamar a Dani y a explicarle que estoy cansada. Lo entenderá.

Era cierto que estaba pálida y sus ojos parecían enormes, pero él sabía que su reticencia no tenía nada que ver con la fatiga. Cristiano se preguntó cuánto tendría que pincharla hasta que ella dejara de vigilar cada una de sus palabras. Lo ridículo era que aún no habían hablado de lo ocurrido.

–¿Por qué iba a inquietarte tu conciencia ahora, si no lo hizo hace dos años? ¿O es cobardía porque te da vergüenza ver a mi familia? Has venido por lealtad a mi hermana, así que veamos esa lealtad en acción –no pudo decir más. Ella se dio la vuelta y, como si hubiera aceptado su destino, avanzó rápidamente por el estrecho camino que, entre jardines, conducía a la parte principal del hotel.

Llevaba el cabello recogido en un severo moño que exponía su esbelto cuello. Él bajó la mirada hacia la curva de su trasero, perfectamente esculpido gracias a flexiones y más flexiones.

De humor turbulento, Cristiano la siguió, resistiéndose a la tentación de apretarla contra un árbol y exigir que le dijera qué había pasado por su mente alocada cuando decidió destrozar lo que habían creado juntos. Deseaba sacar a la luz el tema que ella evitaba. Pero sobre todo deseaba arrancarle la delicada cadena de oro del cuello y sustituirla por una de las joyas que él le había regalado, que anunciaban al mundo que era suya.

Incómodo por la bajeza de sus pensamientos, tardó un momento en darse cuenta de que Laurel se había quedado quieta en el acceso a la terraza.

–Laurel –Santo estaba allí. Santiago, su hermano menor, exaltado y sobreprotector, que se sentía responsable por haber contratado a Laurel como entrenadora personal cuando decidió correr la maratón de Nueva York. Sin su presentación, Cristiano no la habría conocido nunca.

Santo la miraba con fijeza y desagrado.

Laurel se enfrentó a la mirada amenazadora sin parpadear. Cristiano no pudo evitar un destello de admiración. Allí estaba, rodeada de gente que sentía animadversión hacia ella y se encaraba sin dar marcha atrás. Laurel era una luchadora.

Y eso era parte del problema. Estaba tan acostumbrada a defenderse que era virtualmente imposible conseguir que bajara la guardia. Consciente de que, si quería que la velada transcurriera sin explosiones, era él quien debía poner calma, Cristiano se adelantó.

–¿Está Daniela aquí?

–Está esperando para entrar –la mirada gélida de Santo seguía fija en Laurel, que se la devolvía, retadora. A Cristiano lo exasperó su testarudez.

–Estás descuidando a los invitados, Santo –Decidiendo que una muestra de solidaridad calmaría las cosas, se obligó a agarrar la mano de Laurel y lo sorprendió que estuviera fría como el hielo y le temblaran los dedos. Sorprendido, miró su rostro; ella tironeó para liberar la mano, pero él no lo permitió. Tal vez, si hubiera hecho eso dos años antes, no se habría ido. Su desastrosa infancia la había marcado con inseguridades más profundas que el océano. Por fuera era una mujer de negocios brillante y competente. Por dentro era un pantano de emociones movedizas. Él había creído que su cordura y equilibrio serían suficiente para los dos.

Se había equivocado.

–No hace falta que me protejas –le dijo Laurel, fiera, mientras Santo saludaba a unos invitados.

–Protegía a mi familia, no a ti –Cristiano la soltó–. Es la noche de Dani, sobran las escenas.

–No pensaba hacer ninguna escena. Sois vosotros los que no controláis vuestras emociones. Yo me controlo perfectamente.

Cristiano pensó que ese era el problema, siempre lo había sido, pero no lo dijo.

–¿Laurie? –la voz de Daniela sonó a sus espaldas, seguida por un destello verde intenso y el crujido de la seda cuando se lanzó sobre Laurel y la rodeó con los brazos–. ¡Estás aquí! Tengo mucho que contarte. Necesito que vengas cinco minutos para enseñarte algo –sin darle tiempo a contestar, agarró su mano y la llevó hacia la villa.

Cristiano observó su marcha, preguntándose cómo su hermana había atravesado la coraza protectora mientras él se quedaba fuera. Santo se reunió con él, con expresión tormentosa.

–¿Por qué accediste a eso?

–Era lo que Dani quería.

–Pero es lo peor para ti. Dime que no has pensado, siquiera un momento, en dejarla volver.

Cristiano contempló a Laurel del brazo de su hermana. Se movía con la gracia de una bailarina y la fuerza de una atleta. El sutil bamboleo de sus caderas era muy sensual. Y en la cama...

—No lo he pensado —apretó los dientes.

—¿No? —Santo miró a una bonita rubia—. Muchos hombres no te culparían si lo hicieras. No se puede negar que Laurel está de escándalo.

—Si no quieres entregar a nuestra hermana luciendo un ojo morado —gruñó Cristiano—, no digas que mi esposa está de escándalo.

—No es tu esposa. Está a punto de ser tu exesposa. Cuanto antes, mejor.

—Creí que Laurel te gustaba.

—Eso era antes de que te dejara —Santo seguía mirando a la rubia—. ¿Mi consejo? Ella no merece la pena. Deja que se la quede otro hombre.

De repente, Cristiano vio rojo. Estrelló el puño en la mandíbula de su hermano y lo aplastó contra la pared.

Santo tardó un instante en recuperarse de la sorpresa, después lanzó el peso contra su hermano y cambió de posición. Cristiano se encontró contra la pared. La piedra se le clavaba en la espalda y unas manos de hierro lo atrapaban.

—¡Basta! Parad, los dos —clamó Carlo, un amigo de Cristiano de toda la vida, que además era el abogado que se encargaba de los trámites de divorcio. Los separó y se interpuso entre ellos—. Calma. No os había visto pelearos desde los dieciséis años. ¿Qué pasa aquí?

—Le he sugerido que deje que otro hombre se quede con Laurel —dijo Santo, mirando fijamente a su hermano y tocándose la mandíbula.

Cristiano dio un paso hacia delante, pero Carlo plantó una mano en el centro de su pecho. Santo, sorprendentemente tranquilo, se ajustó la pajarita.

—Sírvete champán, Carlo. Estamos bien.

–¿Seguro? –el abogado miró hacia la terraza. Por suerte, nadie parecía haber notado lo ocurrido–. Hace un momento estabas fuera de control.

–No estaba fuera de control... –Santo se lamió el labio partido– quería la respuesta a una pregunta y ahora la tengo –Santo miró a Cristiano mientras Carlo se alejaba–. Si eso es amor, me alegro de haberlo evitado tanto tiempo porque, desde donde yo lo veo, parece un infierno.

–No es amor –refutó Cristiano.

–¿No? –Santo enarcó una ceja y se limpió la sangre de la boca con el dorso de la mano–. Entonces, deberías preguntarte por qué me has atizado por primera vez en casi dos décadas.

–Has sugerido... –fue incapaz de repetirlo.

–Era para comprobar cuánto has progresado en estos últimos dos años. La respuesta es que no mucho –agarró dos copas de champán de una bandeja y le dio una a su hermano–. Bebe. Te va a hacer falta. Ya pensaba que tenías un problema, pero es mucho mayor de lo que imaginaba.

–Cristiano acaba de darle un puñetazo a Santo. Un horror, la verdad, porque ahora saldrá con la barbilla morada en mis fotos de boda –alzando el vestido para no arrugarlo, Dani se arrodilló en el asiento empotrado bajo la ventana para ver mejor el patio–. Y ahora Santo lo tiene apretado contra la pared. No les he visto pelear desde que eran adolescentes. Apuesto por Cristiano, pero podría ser muy reñido.

–¿Está herido? –imaginándose a Cristiano inmóvil e inconsciente, Laurel corrió a la ventana–. Oh, Dios, alguien debería apartar a Santo de...

–Cristiano está bien. Sigue siendo el más fuerte –Dani la miró–. Pensé que no sentías nada por él.

–Que no lo ame no significa que quiera verlo herido –Laurel se lamió los labios–. ¿Por qué crees que están peleando?

–Por ti, por supuesto. ¿Por qué si no? –Dani miró la cintura de Laurel con envidia–. Tienes buen aspecto para estar en plena crisis de relación. Haría cualquier cosa por tener tus abdominales.

–Cualquier cosa menos ejercicio –dijo Laurel.

–Me conoces muy bien –Dani sonrió y levantó la copa de vino–. ¿Es que esto no cuenta?

–No quiero que peleen por mi culpa –Laurel volvió a mirar por la ventana. La idea de Cristiano herido hacía que se sintiera físicamente enferma. Se sentó en asiento de la ventana, junto a Dani–. Baja y detenlos.

–De eso nada. Podría mancharme el vestido de sangre. ¿Te gusta? Es de ese diseñador italiano del que tanto hablan –Daniela estiró la tela–. Es tradicional llevar verde la noche antes de la boda. Pero ya lo sabes, tú llevaste un fantástico vestido verde la noche antes de casarte con Cristiano.

Laurel sentía el pecho tenso. La sensación había ido empeorando desde el horrible viaje en coche del aeropuerto a la villa. Reconociendo las señales de un inminente ataque de asma, abrió su bolso para comprobar que llevaba el inhalador. Para ella el detonante siempre había sido el estrés, y su nivel de estrés no dejaba de crecer desde su llegada a Sicilia.

–No quiero hablar de mi boda. ¿Cómo puedes pensar en vestidos con tus hermanos peleándose?

–Crecí viendo a mis hermanos pelearse, no me impresiona; pero admito que es más divertido ahora que son más musculosos. No hay que preocuparse hasta que se quitan la camisa –Dani miró de nuevo–. Deberías sentirte halagada. Está bien que los hombres peleen por ti. Es romántico.

–No está bien y no es nada romántico que dos hombres no sepan controlar su genio –Laurel deseó poder quedarse donde estaba. Ocultarse el resto de la velada–. No quiero que peleen.

–Físicamente están a la par, pero un hombre que defiende a la mujer que ama seguramente tiene más fuerza, y por eso Cristiano lleva ventaja. Me encantan tus zapatos, ¿los compraste en Londres?

Laurel se levantó y fue hacia el otro extremo de la habitación, para no mirar al patio.

–Cristiano no me ama. Apenas nos soportamos.

–Ya. Por eso tú estás paseando de arriba abajo y él está apaleando a Santo. Por indiferencia –dijo Dani exasperada–. ¿Sabes cuántas mujeres han perseguido a Cristiano desde su adolescencia?

–¿Qué importancia tiene eso? –a Laurel la horrorizó comprobar cuánto le importaba.

–Te eligió a ti. Importa mucho. Sé que no es un hombre fácil, pero te ama.

–Me eligió porque lo rechacé. A tu hermano no le gusta la palabra «no». Yo suponía un reto.

–Te eligió porque se enamoró de ti. Eso es todo un hito para él.

Laurel sabía que su familia y colegas veían a Cristiano como un dios. Su palabra era ley.

–Tendríamos que estar hablando de ti. ¿Estás emocionada por lo de mañana?

–¡Claro que sí! Estoy tan emocionada con mi boda como lo estabas tú con la tuya.

–Eso fue muy distinto. Tú llevas planificando esta boda más de un año.

–Y tú te casaste a toda prisa en la capilla familiar porque no soportabais esperar. Opino que eso es más romántico.

–Fue impulsivo, no romántico –Laurel se frotó los brazos. La conversación le resultaba espinosa e incómoda–. Si lo hubiéramos planificado un año, no estaríamos metidos en este lío.

–Mi hermano siempre ha sido decisivo. No dedica años a pensar las cosas.

–Quieres decir que va apabullando. Duda que alguien que no sea él pueda tener una opinión digna de ser oída.

–No, quiero decir que sabe lo que quiere –Dani la miró–. Pero es obvio que las cosas acabaron mal entre vosotros. ¿Quieres hablar de ello?

–Para nada.

–Antes de conocerte, nunca habló de casarse –Dani se debatía entre la lealtad hacia su amiga y hacia su hermano–. Para un hombre como Cristiano era la declaración de amor definitiva.

«La declaración de amor definitiva».

Laurel pensó que era una pena que hubiera pensado que su responsabilidad acababa en eso. Le había puesto un anillo en el dedo, el gesto definitivo, y cumplido con su parte del trato. Ella solo tenía que amoldarse y tratarle con la misma deferencia que el resto del mundo.

Él la había herido y, en vez de perdonarlo como se esperaba de ella, ella había reaccionado hiriéndolo a él.

–No tendría que haber venido, y tú no tendrías que habernos puesto en esta situación –mientras estuviera en Sicilia ellos dos seguirían haciéndose daño; quería irse cuanto antes–. ¿Por qué insististe en que fuera tu dama de honor?

–Porque eres mi mejor amiga desde la universidad. Tu habitación era más grande que la mía y yo necesitaba usar parte de tu espacio.

«Amigas para siempre».

–Eliges unos momentos muy raros para ponerte sentimental –dijo Laurel, rígida. Incluso con Dani le costaba expresar sus sentimientos.

–Tú no entregas tu corazón fácilmente, pero cuando lo haces es para siempre. Sé cuánto amabas a Cristiano –Dani se acercó con expresión interrogante–. Siempre que nos hemos visto estos dos últimos años, has evitado el tema, pero quiero saber qué fue mal. Dame los detalles.

–Me fui –consiguió decir Laurel.

–Sí, pero ¿por qué? –Dani agarró sus manos–. Cristiano me dijo que tuviste un aborto. No te enfades, lo obligué a contarme lo que había ocurrido. Ojalá me hubieras llamado.

–No podrías haber hecho nada.

–Habría escuchado. Debías de estar devastada.

Devastada ni siquiera empezaba a describir lo que Laurel había sentido ese día.

–A pesar del horror, no puedo creer que te fueras solo por eso. ¿Te dijo algo él? ¿Hizo algo?

Él no había hecho absolutamente nada.

Ni siquiera había interrumpido su reunión.

Era típico que la dulce Dani adivinara que su hermano no estaba libre de culpa, pero Laurel no buscaba ni quería era una reconciliación.

No pretendía castigarlo, sino protegerse a sí misma. Y seguiría protegiéndose, como siempre.

–Sé cómo son los hombres –Dani se negaba a rendirse–. Insensibles y egocéntricos. Siempre dicen lo que no conviene y, si nos molesta, nos acusan de exagerar o tener una sobrecarga hormonal. A veces estrangularía a Raimondo.

–Vas a casarte con él mañana.

–Porque lo quiero y estoy adiestrándolo para que sea

menos insoportable. Cristiano es mi hermano, pero eso no me ciega a sus defectos. Tal vez seamos culpables por depender tanto de él –Dani soltó las manos de Laurel–. Cuando murió papá fue terrible. Mamá estaba fatal, yo tenía once años y Santo aún estaba en el colegio. Cristiano volvió de Estados unidos y se hizo cargo de todo. Nos apoyamos en él... –hizo una mueca– y hemos seguido haciéndolo. Todo el mundo lo admira, pero sé lo testarudo y arrogante que puede ser. Dime qué fue lo que te hizo, Laurie.

–Te agradezco lo que intentas hacer, Dani, pero no cambiará nada. Hemos terminado. No podemos volver atrás. Y yo no querría hacerlo.

–Erais perfectos juntos. Tan perfectos que daba un poco de grima verlo, la verdad. Pero nos devolvió la fe en el amor. Incluso el cínico Santo se quedó atónito por el cambio de Cristiano.

–Apenas nos conocíamos cuando nos casamos –Laurel se sentía como un pez en un anzuelo–. No sirve de nada que intentes convertirlo en un cuento de hadas, Dani. No hay cuento de hadas. Lo siento, pero no todos los episodios de sexo apasionado tienen un final feliz o duran para siempre.

–Cristiano y tú deberíais estar juntos –los ojos de Daniela se llenaron del lágrimas de frustración–. Mi hermano está muy dolorido, sufre, Laurel, y sé que tú también... –las lágrimas se desbordaron y se limpió las mejillas con la mano– voy a arruinarme el maquillaje. A este ritmo no habrá fotos de boda. Laurel, por Dios, ocurriera lo que ocurriera, perdonaos y seguid adelante.

–Estoy siguiendo adelante. Ya he seguido.

–Quiero decir con él, no sin él.

–No debiste interferir –Laurel estaba cansada–. Alojarnos en la misma villa ha sido cruel...

–Cuando estabais juntos no podíais dejar de tocaros. –Dani se sonó la nariz–. Pensé que, si estabais atrapados en el mismo lugar, podríais arreglar las cosas.

–Pues no podemos –Laurel estaba segura de que su presencia allí era un error–. Me iré mañana a primera hora. No tendría que haber venido.

–¡Eres mi dama de honor! Quiero que estés aquí para mi boda.

–Mi presencia aquí destrozará a la familia –Laurel la miró con frustración. A ella la estaba destrozando; estar tan cerca de Cristiano era más doloroso de lo que había creído posible.

–¡No te vayas!

–Ya no tenemos dieciocho años. Muchas cosas han cambiado –Laurel se preguntó cuándo su amiga se había vuelto tan egoísta que solo pensaba en sus propias necesidades. Estar allí la estaba matando–. Tienes a tus primitas de ayudantes –pensó en las cuatro niñas de pelo oscuro que correteaban por todos sitios creando el caos y encantando a todo el mundo con sus risas.

–Te quiero a ti, y quiero que Cristiano y tú volváis a estar juntos.

Aunque pudiera parecer superficial, Laurel envidió a Dani su forma de ver el mundo: aún creía que a la gente buena le pasaban cosas buenas.

–Abajo se celebra una fiesta en tu honor. Deberíamos bajar –se apartó de su amiga.

Laurel recordó las veces que habían reído juntas en la residencia universitaria y añoró la simplicidad de aquellos días.

Alguna gente pensaba que era mejor haber amado y perdido que no haber amado nunca.

Laurel pensaba que esa gente estaba loca.

Capítulo 3

EXHAUSTA por el bombardeo emocional, Laurel se preguntó si sobreviviría a una velada entera cerca de Cristiano. Hacía tanto tiempo que no lo veía que se sentía como una adicta con síndrome de abstinencia.

Lo oyó reír y giró la cabeza para mirarlo. Nunca había reído tanto como cuando estaba con él. La vida le había parecido liviana y esperanzadora. En ese momento reía con otra mujer. Y era muy bella.

Su forma de comunicarse sugería una intimidad que iba más allá de la mera amistad.

En ese momento, una de las primitas corrió hacia él y tocó su pierna. Con una sonrisa, Cristiano la alzó en brazos, otorgándole atención plena. A juzgar por la expresión de la niña, le dijo algo divertido.

Ver su interacción con la niña desató todo lo que Laurel guardaba en su interior. Se dio la vuelta, preguntándose si alguien lo notaría si se marchaba.

Estuviera donde estuviera, era consciente de él. Lo percibía hasta de espaldas. La sensación invadía su mente y le impedía concentrarse. Anhelaba mirarlo. Por una vez, agradecía que la multitud y las normas sociales le impidieran correr a su lado y deshacer cuanto había hecho.

–Deberías comer algo –Cristiano apareció a su lado e hizo un gesto a una camarera que circulaba con una bandeja de canapés.

–No tengo hambre.

–A no ser que pretendas llamar la atención, te sugiero que comas –Cristiano tomó un trozo de pollo de la bandeja–. Está marinado en zumo de limón y hierbas. Tu bocado favorito.

Ella se preguntó si estaba conjurando a propósito el recuerdo de la noche que habían asaltado la cocina como niños y bajado a la playa.

Ese decadente picnic a la luz de la luna era uno de sus recuerdos más felices.

Laurel tenía la sensación de estar a punto de ahogarse de pena. Aceptó el pollo porque le pareció más fácil que discutir. Consiguió masticar y tragar, aunque él la observaba con esos ojos oscuros y aterciopelados que veían demasiado.

Dejó de mirar la curva cínica de su boca, inquieta por el impulso que sentía. Estaban tan cerca que no le costaría nada besar sus labios. Se fundiría con él, que enredaría los dedos en su cabello y devoraría su boca con una destreza enloquecedora. Nadie besaba como Cristiano. Tenía un conocimiento innato de lo que necesitaba una mujer, y su repertorio iba de ardiente y descontrolado a lento y sensual.

El aroma del mar se mezclaba con el dulce perfume de las flores mediterráneas, y a su alrededor se oía el tintineo de las copas y el zumbido de las conversaciones. Aunque la terraza estaba llena de gente, el mundo se limitaba a ellos dos.

Los ojos de él oscurecieron bajo las espesas pestañas y el ambiente entre ellos cambió. Aunque de lejos parecieran dos personas intercambiando palabras corteses, tanto Laurel como él habían notado el sutil pero peligroso cambio.

Ella tenía la sensación de ser una barca que la corriente arrastraba hacia una letal catarata. Frenética, intentó retroceder, salvarse de la caída.

–He oído que Santo y tú por fin habéis encontrado un buen terreno en Cerdeña –el bien elegido recordatorio de su dedicación a los negocios tuvo el efecto que esperaba.

–Estamos negociando la compra –estrechó los ojos–. Urbanizar en Cerdeña no es fácil.

Pero ella sabía que encontraría la manera. Era lo suyo. Adoraba los retos, aunque solo fuera para demostrar que podía ganar a quienes se le oponían.

Y por eso estaba tan enfadado con ella. No solo por su marcha, sino porque no le había dado la oportunidad de luchar y vencer.

–Enhorabuena. Sé cuánto deseabas establecer la empresa allí.

–El trato aún no está finalizado.

Ella no dudaba que lo estaría pronto.

El aire vibraba entre ellos, pero ante tantos invitados tenían que actuar de forma civilizada. La curiosidad de la gente era obvia, pero Cristiano era demasiado poderoso para que se atrevieran a observar o especular abiertamente.

De pronto, ella se preguntó si su separación había sido difícil para él, un hombre que había vivido una vida dorada, siempre ascendiendo a lo más alto. Hasta que ella lo abandonó, no había habido impedimentos a sus planes de futuro.

–Aquí estás, Cristiano –el aroma de las flores se rindió al perfume más fuerte de una bella chica, con ojos de gacela y boca ancha y sensual. Esbozó una sonrisa coqueta y, sin mirar a Laurel, puso una mano en el brazo de él.

Laurel sintió una inquietante e intensa punzada de

celos. Miró esa mano, odiando ser testigo de un acto tan posesivo. Las largas uñas rojas parecían manchas de sangre. No habría sentido más dolor si la chica se las hubiera clavado en el corazón.

Los celos se transformaron en ira. Nunca lo dejaban en paz, fueran donde fuera, las mujeres se peleaban por acercarse, coquetear, atraer su atención. A él no le parecía raro, siempre había sido así desde que era adulto.

Aún recordaba la expresión de su rostro cuando la invitó a salir con él y lo rechazó. Casi tan atónita como cuando se fue, dejando su matrimonio atrás.

Incapaz de soportar las uñas rojas y la mirada coqueta, Laurel se dio la vuelta para irse. Pero Cristiano, más rápido, estiró el brazo y cerró los dedos sobre su muñeca, impidiendo su huida.

—Adele, no sé si conoces a Laurel.

—Oh —la sonrisa se enfrió, revelando el puesto que ocupaba Laurel en sus intereses–. Hola.

—Mi esposa —dijo Cristiano con voz firme.

Laurel se quedó quieta, sintiendo el golpeteo de la sangre en sus sienes y la mano de hierro en su muñeca. No entendía que él hiciera énfasis en una relación que había acabado. Era poco y tarde.

—Oh —la chica estrechó los ojos y quitó la mano de su brazo–. Seguro que tenéis mucho que hablar —ofreció a Laurel una sonrisita que decía: «Puedo esperar a que desaparezcas de escena», y fue hacia Santo, que reía al otro lado de la terraza.

—¿Ves? Sí puedo ser sensible —su voz sonó dura. Era una clara referencia al día que ella había perdido los estribos, molesta por el interminable desfile de mujeres que no consideraban que una esposa fuera impedimento para el coqueteo. Lo había acusado de insensible, y él a ella de exagerada.

Laurel pensó que hacerse eco de sus sentimientos sobre el tema cuando estaban a punto de divorciarse era bastante insensible. Demostraba que podría haberse esforzado antes si hubiera querido.

–Ya no me importa quién flirtea contigo –deseó que fuera verdad, pero su mente la torturaba preguntándose con qué mujeres estaba saliendo Cristiano. Habían pasado dos años. Un hombre como él no duraba mucho solo cuando se corría la voz de que su esposa lo había abandonado.

–¿Esperas que crea eso?

El sol estaba a punto de ocultarse, pronto se encenderían las luces engarzadas en los árboles. Era un escenario demasiado bello y romántico para los últimos suspiros de agonía de un matrimonio.

–Me da igual que lo creas o no –se preguntó si él era consciente de que seguía agarrando su muñeca. Al otro lado de la terraza, la morena exageraba cada movimiento para atraer la atención del hombre que la interesaba–. No me importa si tienes un harén.

–¿Te sentirías mejor si lo tuviera? ¿Eso tranquilizaría tu conciencia?

–Yo no tengo problemas de conciencia.

Laurel supo, por el destello defensivo de sus ojos, que había captado la implicación de que era él quien debía tenerlos. Nadie podía acusar de lentitud a Cristiano Ferrara, era muy inteligente. Y eso hacía aún más doloroso que se negara a pedir disculpas.

Él inspiró profundamente y ella se preguntó si por fin admitiría su parte de culpa en la ruptura.

–Juntos, en la capilla que ha pertenecido a mi familia durante generaciones, hice votos. «En lo bueno y en lo malo. En la salud y en la enfermedad» –su cólera no era menos peligrosa por el hecho de ser contenida–. Tú prometiste lo mismo. Llevabas un bonito vestido blanco y el velo de mi abuela. ¿Lo recuerdas? ¿Empiezan a sonar campanitas en esa caótica cabeza tuya?

–¿Estás acusándome de romper mis votos? «En la salud y en la enfermedad», Cristiano –le devolvió, deseando tener fuerzas para abofetearlo–. No recuerdo haber oído: «Siempre que ni una ni otra interfieran con los negocios de tu marido».

Furiosa consigo misma por abrir una herida que había querido mantener cerrada, y más furiosa con él por ser ciego a sus carencias, se liberó de su brazo y casi corrió hacia la escalera que bajaba a la playa privada. Se sentía como Cenicienta a medianoche, pero ella no quería que el príncipe la alcanzara.

–¿Adónde crees que vas? –Santo se situó delante de ella, bloqueándole el camino.

–De vuelta a la villa. Aunque no es asunto tuyo –Laurel maldijo a los Ferrara para sí.

–Estás haciendo daño a mi hermano. Eso lo convierte en asunto mío.

–Es lo bastante grande para cuidarse solito.

Laurel sabía que eso no detendría a Santo, y sintió envidia de que se preocupara de su hermano.

Nadie se preocupaba de ella. No era algo que esperase ni quisiera.

–Tenerte aquí le lía la cabeza. Solo quiero decirte una cosa, Laurel... –dijo, algo borracho y muy enfadado–. Si vuelves a hacer daño a mi hermano, te aplastaré como a un insecto. *Capisci*?

–*Non capisce niente* –replicó Laurel–. No entiendes nada. No te metas en mis asuntos, Santo.

«Hacer daño a mi hermano...». Por lo visto, el daño que su hermano le había hecho a ella no contaba para nada.

Laurel lo apartó de un empujón, consciente de que eso la convertiría en objeto de miradas curiosas. Sin duda, todos querían saber qué le había dicho Santo a la desobediente exesposa de su hermano para que saliera corriendo.

Casi voló escalones abajo. Había oscurecido y las lámparas solares que iluminaban el camino que bajaba a la playa parecían un millón de ojos que contemplaran su escapada. Notando una opresión en el pecho, disminuyó el ritmo. Lo último que necesitaba era un ataque de asma.

Poco a poco, la música y la cháchara quedaron atrás. Allí dominaba el sonido de las olas golpeando la orilla. Laurel se quitó los zapatos. La soledad era un bálsamo para sus heridas.

Todos estaban furiosos con ella. Era tan bienvenida como un virus mortal en una fiesta infantil. La enfurecía que asumieran que toda la culpa era suya.

Estaba allí por Dani, pero por fin veía claro que cuando su amiga aceptara que Laurel y Cristiano habían terminado, también acabaría su amistad.

Deprimida por la idea, Laurel se sentó en la arena y se abrazó las rodillas, dejando a un lado el bolso y los zapatos. El mar se extendía ante ella, negro como la tinta. Había sido una estúpida al pensar que su amistad con Dani podría continuar después de lo que había hecho.

Intentó controlarse, consciente de que la opresión en el pecho aumentaba. No sabía cuánto tiempo llevaba allí sentada, con los ojos llenos de lágrimas, cuando notó que dejaba de estar sola.

—Vuelve a la fiesta, Cristiano. No tenemos nada más de qué hablar —ordenó, enfadada porque no hubiera tenido la sensibilidad de dejarla en paz.

—Quiero hablar del bebé.

–Yo no.

–Lo sé, y por eso estamos en esta situación. Porque te negaste a hablar de ello.

Su injusticia la dejó sin aire. Incluso tratando el más delicado de los temas, el lenguaje corporal de Cristiano tenía la sutileza que habría tenido un invasor que llegara a esquilmar Sicilia.

Las piernas firmes y separadas, y una mano en el bolsillo. Los hombros tensos, listos para la batalla, y los ojos color carbón entrecerrados, como si evaluara a su contrincante. Laurel reconoció al Cristiano experto en solventar problemas.

Un metro noventa de macho siciliano furioso, dispuesto a luchar hasta obtener la victoria. Y aunque una parte ella odiaba ese aspecto él, otra parte admiraba su fuerza y determinación.

Apretó los dientes, diciéndose que no la atraía su virilidad. «Acaba con eso, Laurel». Tenía que apagar esos diminutos destellos de deseo antes de que se extendieran y sofocaran su sentido común.

–¿Quieres hablar del bebé? Bien, hablemos. Estaba embarazada de diez semanas. Tuve dolores abdominales. Tú estabas en viaje de negocios. Te llamé, pero decidiste seguir con tus negocios. Tomaste tu decisión. La situación empeoró. Volví a llamarte pero habías apagado el teléfono. Dejaste tus prioridades muy claras. No hay más que decir sobre el tema –el idílico entorno no diluía la tensión que latía entre ellos.

–Tergiversas los hechos. Llamé al médico y me aseguró que con unos días de reposo estarías bien. Nadie esperaba que perdieras al bebé.

Ella sí había esperado perder al bebé. Desde el primer calambre, su instinto femenino le había dicho que algo iba muy mal.

–Entonces, eso te libra de responsabilidad.

–*Accidenti*, ¿por qué te niegas a hablarlo?

–Porque esto no es una conversación. Es otro monólogo en el que me dices lo que debo sentir. Quieres que diga que todo fue culpa mía, que me porté de forma poco razonable, pero no lo diré porque no es cierto. Fuiste tú el del comportamiento poco razonable –su respiración sonó agitada–. Y no fuiste poco razonable. Fuiste cruel, Cristiano. Cruel.

–¡Basta! –bramó él–. Haces que suene como si hubiera sido muy fácil, pero mi rol en la empresa conlleva una gran responsabilidad. Mis decisiones afectan a miles. Y a veces son decisiones difíciles.

–Y a veces son erróneas, sin más. Admítelo.

Él exhaló y maldijo al mismo tiempo, con el rostro contorsionado por la exasperación.

–Desde luego, en retrospectiva, admito que es posible que tomara la decisión incorrecta ese día.

Nunca se había acercado tanto a una disculpa, pero eso no palió el dolor que ella sentía. Atenazada por una avalancha de emociones, olvidó la promesa que se había hecho de no revisitar el pasado.

–No debería hacerte falta retrospectiva para saber que fue un gran error. Sabías cuánto me costó llamarte y pedirte que vinieras. ¿Cuándo te había pedido ayuda o apoyo? Nunca. Solo esa vez, cuando estaba sola y aterrorizada. Pero estabas demasiado ocupado jugando al magnate para tener esa pizca de sensibilidad. ¿Sabes lo peor de todo? –le tembló la voz–. Antes de conocerte nunca había necesitado a nadie. Era fuerte. Confiaba solo en mí y solucionaba mi vida. Pero tú me abriste como a una almeja, quitándome la protección. Exigiste que me abriera. Me obligaste a necesitarte y yo, estúpida de mí, te di ese poder. Y me fallaste.

–Dirijo una corporación mundial –Cristiano tironeó de la pajarita y desabrochó el botón superior de la camisa–. Soy un hombre con enormes responsabilidades y en esta ocasión...

–Eres un hombre que pone a su esposa en segundo lugar, tras sus negocios, Cristiano. Lo que más me deprime es que sigues sin admitir que tu decisión fue pésima. Te crees tan incapaz de equivocarte que he tenido que arrancarte ese «es posible que tomara la decisión incorrecta». Pues tengo una noticia para ti: es indudable que tomaste la decisión incorrecta –echó la cabeza hacia atrás y tomó aire para decir las palabras que aniquilarían su relación–. Te odio por eso casi tanto como te odio por hacer que te necesitara. Eres un matón arrogante e insensible, y no te quiero en mi vida.

–¿Un matón? –tensó los hombros–. ¿Ahora soy un matón?

–Empujas y empujas hasta que las cosas van por donde quieres que vayan. Da igual el asunto que sea, tienes que ganar –dijo ella–. Te interesaba tanto ese negocio caribeño que te convenciste de que yo estaría bien. Justificaste tu actitud recordándote cuánta gente dependía de ti y que tu responsabilidad era quedarte hasta el final de la reunión. Pero lo cierto es que te quedaste porque crees que nadie hace las cosas tan bien como tú, y porque te encanta el triunfo. Te tendría más respeto si tuvieras la honestidad de admitirlo. Pero te dices que la culpa es mía porque la alternativa sería reconocer tu error, y tú no te equivocas, ¿verdad? –posiblemente fuera la parrafada más larga y reveladora que él había oído de sus labios. Vio en sus ojos cuánto lo impactaba.

–Ya he admitido que tomé la decisión errónea. Pero has vuelto a desviar la conversación, evitando hablar del bebé que perdiste.

«Que perdimos», pensó ella. «Lo perdimos ambos». Como era habitual, él respondía atacando y quitando importancia a sus propios fallos.

—Estás muy orgulloso de ser capaz de hablar de tus emociones, pero son las tuyas, Cristiano. No te interesan las de ninguna otra persona a no ser que encajen con las tuyas. Quieres conocer mis sentimientos para poder decirme que me equivoco; para cambiar mi mente y decirme qué debo pensar. Tienes la sensibilidad de un tanque, y odio tu actitud cavernícola y dominante.

—Recuerdo una época en la que te gustaba mi actitud cavernícola y dominante —le devolvió él. Sus ojos negros tenían un brillo letal.

—Eso fue hace mucho tiempo —dijo ella, sintiendo una súbita oleada de calor sensual.

—¿De verdad? —la levantó del suelo sin darle tiempo ni a decir su nombre.

Ella tuvo que apoyar la palma de la mano en su pecho para equilibrarse. Sintió los duros músculos a través de la fina camisa de seda. Como si estuviera en trance, se inclinó hacia él. Estaba sofocada, pero no sabía si era por el calor siciliano o por la pasión que le quemaba la piel.

Desde la distancia había sido fácil racionalizar la química, pero la realidad era muy distinta. Tras dos años de negación, en vez de apartarse de él curvó los dedos y agarró su camisa. Impotente, vio cómo la cabeza de él descendía hacia la suya. Estaba tan lista para su beso, tan deseosa, que fue un golpe brutal que la soltara de repente.

Él le estiró los dedos para que soltara la camisa, como si fueran un insecto indeseado.

—Tienes razón... —dijo con desdén— no tiene sentido hablar. Nada, nada, justifica que abandonaras nuestro matrimonio. Te crees muy dura e independiente, pero eres una cobarde que prefiere correr a quedarse y luchar.

Y ella corrió. Con los pies descalzos y el corazón desnudo. Corrió por la arena hacia la villa.

«Cobarde, cobarde, cobarde...».

Cada vez que sus pies golpeaban la arena oía la palabra en su cabeza e incrementaba el ritmo para escapar de ella. Aunque volvía a sentir presión en el pecho, corría sin pausa y sin mirar atrás. Cuando llegó a la villa le ardían los pulmones y apenas podía respirar. Doblada, paró junto a la puerta y supo de inmediato que tenía problemas graves.

Necesitaba el inhalador ya. En ese momento, si quería evitar el ataque de asma que se avecinaba.

Unos minutos antes su mayor miedo había sido lo que sentía por él, pero había sido superado por otro peor y más peligroso: la necesidad de aire.

Le ardían los pulmones y respirar resultaba cada vez más difícil. Con manos temblorosas buscó su bolso, y comprendió que ya no colgaba de su hombro. Lo había dejado en la arena.

Laurel tuvo un instante de pánico y se maldijo por ser tan estúpida. Tendría que haber utilizado el inhalador antes, en vez de discutir con él.

Su pecho empeoraba por momentos. Le faltaba el oxígeno. Saber que no tenía con el inhalador acrecentaba el estrés. Estar sola en medio de un ataque era lo que más la aterrorizaba en el mundo.

Laurel entró en la villa, se sentó en el suelo y apoyó la espalda en la pared. «Respira. Respira. Despacio. Relájate». Tenía que volver a por el inhalador, pero no era capaz de andar tanto.

Diciéndose que todo iría bien si se calmaba, se obligó

a mirar la lámpara que había en el rincón y a olvidar su encuentro con Cristiano. Oyó el sonido sibilante que anunciaba el principio de un ataque. «No. Ahora no». La puerta se abrió de golpe.

–Siempre sales corriendo, pero tú y yo vamos a... –calló al verla acurrucada en el suelo, intentando respirar–. ¿Laurel? –se acuclilló contra ella y le alzó el rostro–. ¿Asma?

Ella asintió, muda.

–Eres tonta por echar a correr. ¿Dónde está tu inhalador? –preguntó. Su éxito en los negocios le debía mucho a esa capacidad de centrarse y establecer prioridades.

–En el bolso... lo dejé...

–¿Este bolso? –el diminuto bolso plateado colgaba de sus dedos. Al verlo, ella dejó caer los hombros. Los pitos estaban empeorando.

Extendió las manos temblorosas, pero él ya había abierto el bolso y sacaba el inhalador.

–¿Es este?

Ella asintió y él apretó los labios.

–No tendrías que haber corrido. ¿Desde cuándo ha empeorado tanto tu asma?

Había sido desde que sus niveles de estrés se habían disparado. Desde aquella horrible noche en el hospital.

Laurel quería llorar, pero no tenía aire suficiente para hacerlo. Él le puso el inhalador en los labios y ella inspiró, más tranquila al saber que él estaba allí, fuerte y seguro. Aunque pronto le pediría que se fuera, en ese momento era un bálsamo para su ansiedad.

–Llamaré a un médico –dijo él.

Laurel negó con la cabeza, inspiró una vez más y apartó sus manos y el inhalador. Si aún era capaz de percibir que él tenía una boca de lo más sexy, y era el caso, era obvio que no estaba al borde de la muerte–. Vuelve a la fiesta.

–Claro, lo que más me apetece en este momento es bailar toda la noche –el sarcasmo estaba teñido de preocupación y rabia–. Soy un hombre que aprende de sus errores, tesoro. La última vez que me fui cuando me necesitabas, aunque en mi defensa diré que no sabía lo...

–No puedes hacerlo, ¿verdad? –Laurel inspiró con dificultad–. No puedes... pedir perdón.

–Por una vez, me alegro de que no tengas aliento para discutir. En cuanto a pedir perdón, me voy acercando cada vez más.

–No te molestes. Es demasiado tarde, ya te odio –Laurel cerró los ojos, pero no antes de ver un atisbo de pecho bronceado y salpicado de vello.

Sabía perfectamente cómo era el resto de su cuerpo bajo la ropa. Veía cada curva de sus músculos, el abdomen plano y los muslos firmes. Era el único cliente cuyo físico no había podido mejorar.

–No me odias, tesoro –afirmó él.

Su seguridad debería haberla airado, odiaba que él considerara la adulación y el respeto de la gente como un derecho. Entraba en una habitación sabiendo que iba a conquistar, y eso la exasperaba.

–Vete, o la gente murmurará –dijo ella. Le faltaba el aire, pero esa vez no era por el asma.

–No voy a molestarme en contestar a eso. ¿Necesitas el inhalador otra vez?

Ella abrió los ojos y, viendo que él aún tenía el inhalador en la mano, negó con la cabeza.

–Si no vuelves, Dani se dará cuenta.

–Cuando Dani vea que faltamos los dos, supondrá que estamos juntos. Lo celebrará abriendo botellas de champán.

–Eso es lo que me preocupa. Vuelve allí.

–¿En serio crees que voy a volver? Aprendí mi lección hace dos años.

La ironía del asunto habría hecho sonreír a Laurel, si hubiera tenido energía suficiente.

–Hace dos años te quería, ahora no –sus bronquios volvían a dilatarse, gracias a la medicación–. No soy hipócrita. Yo elegí dejar este matrimonio, no puedo esperar que me des la mano cuando estoy asustada. Y no digo que lo esté.

–Claro que no. Que Dios te libre de admitir un ápice de vulnerabilidad. Dime... –su voz sonó serena, como si no hubieran discutido en absoluto– ¿alguna vez has buscado el apoyo de alguien?

–Busqué el tuyo –«y no lo obtuve».

–Eso me lo he buscado –dijo él, oyendo las palabras no pronunciadas. Se sentó junto a ella. Rozó su brazo con la manga de la chaqueta y Laurel sintió la conexión en lo más profundo de su alma. No había esperado que se quedara.

–No recuerdo haberte invitado a sentarte.

–Eres la mujer más irritante que he conocido en mi vida. Lo sabes, ¿verdad?

–¿Yo soy irritante? –ella no sabía si reír o llorar–. Cuando más te necesitaba, estabas desaparecido, y ahora que no te necesito es imposible librarme de ti. Eso es irritante. Vuelve con tus mujeres, Cristiano.

–¿Con cuál de ellas? Según tú, tengo un harén.

–Seguro que cualquiera te ofrecerá la adoración que necesitas –Laurel notó la sólida calidez de su brazo, junto al suyo. «Sentía un extraño cosquilleo y tenía los nervios a flor de piel. Reconociendo los síntomas, sintió un pinchazo de alarma. Necesitaba que él se fuera. Ella no tenía aliento para moverse, ni otro sitio adonde ir.

–No desperdicies oxígeno diciendo bobadas.

–Consideras a las mujeres una especie inferior.

–¿Eso es lo mejor que se te ocurre para discutir? –echó la cabeza hacia atrás y se rio–. Eso me confirma que te encuentras fatal.

–Solo quiero que te vayas.

–Sí, lo sé –su voz sonó grave–. Pero no me iré.

–Me estresa que estés aquí.

–¿Por qué?

El rítmico canto de las cigarras y el roce del mar en la arena rellenaron el momento de silencio.

–Por un millón de razones.

–Dime una.

–Porque nuestro matrimonio ha terminado. Y porque tú siempre quieres que todo sea a tu manera. Ya ves, he dicho dos –intentó levantarse, pero él la sujetó–. Suéltame. Tengo las piernas adormecidas. Necesito moverme.

–Claro. Siempre que la conversación se vuelve incomoda, quieres moverte, a ser posible en dirección opuesta y a toda velocidad –se puso en pie–. Dejaré que vayas hasta la cama –sin darle opción a protestar, la levantó en brazos.

–Eh, puedo andar. No necesito que demuestres tu hombría, sabes que no me impresiona –su respiración se agitó, pero no por el asma, sino por estar tan cerca de él. Se abrazó a su cuello, diciéndose que era por seguridad.

La llevó a la habitación y la dejó en la cama. El ventanal estaba abierto y corría una leve brisa. Él se quitó la chaqueta, la dejó en el sofá y apiló las almohadas tras la cabeza de ella.

–¿Estás mejor? ¿Cuándo empeoró tu asma tanto? En el tiempo que estuvimos juntos solo te vi tener un ataque, cuando mi piloto tuvo que hacer un aterrizaje de emergencia y alguien te lo dijo.

–Estábamos en mitad de un proyecto enorme. No quería que murieses y me dejaras a mí todo el trabajo –no quería pensar en el horror de aquel día. Su lucha era olvidar lo que habían compartido.

–Claro –los labios de él se curvaron con ironía–. Estabas preocupada por el trabajo. No era porque tu mundo se tambalearía sin mí.

–No te veía lo suficiente para eso, como mucho mi mundo habría temblado un poco.

–Si tenía tan poco impacto en tu vida, ¿por qué has traído dos inhaladores a la boda?

–¿Había dos en el bolso? –ella simuló sorpresa y él bajó los párpados con exasperación.

–Ojalá aprendieras a ser honesta sobre tus emociones.

–Ojalá aprendieras a no dar rienda suelta a las tuyas. Supongo que tengo que hacer concesiones porque eres siciliano.

–¿Concesiones?

A ella la alivió saber que aún podía irritarlo. Dos minutos más y él estaría maldiciendo en italiano y saliendo de allí. Contaba con ello.

–Ser siciliano es una desventaja en la vida –murmuró, compasiva–. No podéis evitar ser emocionales, lo lleváis grabado en el ADN.

–No todo el mundo teme a las emociones –se desabrochó los puños de la camisa–. Pero tú sí. Te aterrorizan. Dos inhaladores de terror.

Ella se preguntó por qué no estaba poniéndose la chaqueta para volver a la fiesta. Al ver que no contestaba, él alzó una ceja.

–¿No dices nada, Laurel? ¿Ninguna frase incendiaria

para conseguir que me vaya? Es lo que quieres, ¿no? ¿Crees que no lo sé? –dejó los gemelos en el pequeño escritorio orientado hacia el mar y se remangó la camisa. Ella recordó esos brazos sujetándola y desvió la mirada, rechazando la oleada de deseo que sentía.

–Puedes irte o quedarte, me da igual. No te necesito.

–Necesidad y deseo son cosas distintas –miró el inhalador que ella aún tenía en la mano–. Así que los ataques sobrevienen por estrés. Interesante. No estabas estresada cuando vivíamos juntos.

–Como he dicho, eso es porque nunca te veía –le dijo con dulzura–. En las últimas veinticuatro horas te he visto más que en todo nuestro matrimonio. Probablemente esté estresada por eso.

–Yo también estoy estresado. Volverías loco a cualquier hombre –farfulló él. Su voz grave le provocó un escalofrío de deseo a Laurel.

–Solo tienes que sobrevivir a mi compañía hasta el domingo. Mi vuelo sale a primera hora.

–Mañana por la mañana tenemos una reunión con los abogados.

–No necesito hablar con ellos. Acuerda lo que quieras, no discutiré.

–Si estás tan enfadada conmigo, esta es tu oportunidad para arruinarme –se sentó en la cama.

–Nunca me importó el dinero, lo sabes.

–No sé nada porque nunca compartes nada. Tener una relación contigo es como jugar a las adivinanzas –sonaba cansado y eso inquietó a Laurel más que la ira o el sarcasmo. Nunca lo había visto cansado, Cristiano era pura energía.

–Si hubieras estado presente más a menudo, no te habría hecho falta adivinar –Laurel sabía que aquel terrible día, el día que él no estuvo, sus emociones habían sido visibles para los únicos testigos: los médicos del hospital privado–. Volaré a casa mañana. Lo último que necesitas es a tu exesposa en la boda de tu hermana.

–Esposa –corrigió con suavidad y firmeza–. No eres mi exesposa.

–Pronto lo seré –era demasiado peligroso estar tan cerca de él. No se atrevía a mirarlo. Ni a moverse por si sus cuerpos se rozaban.

–Respiras mejor. Dormiré en el sofá del salón, con la puerta abierta. Llámame si necesitas algo.

–No hace falta que hagas eso –tenía un nudo en la garganta–. Ve a contestar los miles de correos electrónicos que sin duda te esperan.

–¿Ahora me das permiso para ser insensible?

Laurel encogió los hombros, como si le diera igual. En realidad, no quería que se portara bien, eso liaría su mente y complicaría las cosas.

–Si te empeñas en hacer de perro guardián, al menos deja que sea yo quien duerma en el sofá.

–¿Por qué? Ya sabes que puedo dormir en cualquier sitio –era cierto, y Laurel lo sabía.

–No apagues –le dijo, sujetándole el brazo al ver que iba a apagar la lámpara de noche.

A su pesar, odiaba la oscuridad. Cuando estaba sola siempre dormía con una luz encendida. Él arrugó la frente y la miró, perceptivo.

–Me quedaré unos minutos, hasta asegurarme de que no necesitas un médico –se quitó los zapatos y se acomodó en la cama, a su lado.

Laurel deseó preguntarle por qué se quedaba; ya era demasiado tarde para su matrimonio.

Siguieron sentados en silencio, sin tocarse. Cuando su respiración se regularizó del todo y dejó de sentir pánico, su conciencia de él se agudizó. Notaba la cercanía de su largo y fuerte muslo, y oía su respiración profunda y regular. La peligrosa química que los unía y que tendría que haber muerto con sus sueños, revivió con fuerza.

Ella giró la cabeza para mirarlo, y él la miró a ella. Ambos tendrían que haber desviado la mirada, pero no lo hicieron.

Él levantó la mano y acarició su mandíbula. Agachó la cabeza lentamente, como si no estuviera seguro de si iba a ir más allá. Rozó su boca con los labios. Aunque era una locura, ella no pudo apartarse, ardía de anticipación. Tras unos segundos de titubeo, él perdió el control y capturó su boca con un beso duro y devorador que provocó una explosión en su cerebro. Intentó contenerse, no involucrarse en el beso, pero la absorbió hasta que se fundieron en un solo ser y ella ya no pudo pensar. Se entregaron como animales enloquecidos por las privaciones. La excitación sexual era embriagadora, tan compulsiva como cualquier droga e igual de peligrosa.

–No –gruñó él largo rato después, apartando la boca. Su bello rostro denotaba su pesar–. No.

La emoción de su voz reflejó los sentimientos de ella. El beso la había afectado y no era ningún consuelo saber que a él también. Laurel no quería eso. No intentaba promover una reconciliación.

Su futuro no lo incluía. Sin embargo, una pequeña parte de ella estaba encantada porque él se hubiera rendido a la tentación, pues sabía hasta qué punto era capaz de controlar sus impulsos. Había querido que el encuentro resultara difícil para él, pero lo que acababan de hacer lo hacía mil veces más difícil para ella.

Pensamientos contradictorios pugnaban en su cabeza, mareándola. No quería que él la deseara. No quería desearlo. Eso sólo empeoraría una situación difícil de por sí.

Cristiano se levantó de la cama de un salto.

–Dormiré en el sofá. Si necesitas un médico, llámame –sin dedicarle siquiera una mirada, salió de la habitación, dejándola con el cuerpo ardiente y el corazón en pedazos.

Capítulo 4

CRISTIANO, ¿estás escuchándome?

Cristiano comprendió que no había oído ni una sola palabra de lo que había dicho su abogado.

Había dejado la villa al amanecer, con el afán de aliviar su tensión corriendo antes de que el sol se volviera abrasador. Después, había nadado. Luego se había ocupado de su correo electrónico.

No había conseguido dejar de pensar en Laurel.

Quería verla como la perra despiadada que había despreciado sus votos matrimoniales, pero seguía viéndola pálida y vulnerable, luchando por respirar. Acostumbrado a resolver emergencias a diario, lo había asustado el pánico que lo había atenazado al verla. Había estado a punto de exigir la presencia de todos los médicos de la isla.

«De todos menos del idiota que le había asegurado que era normal que una mujer tuviera dolores abdominales y que no perdería al bebé».

Sintió ira, pero sobre todo culpabilidad. Reconocía el daño causado por dar prioridad a un tema de trabajo, en vez de al bienestar de ella. Haber subestimado la gravedad de la situación no lo excusaba. Ni tampoco el que el consejo de un profesional hubiera sido erróneo.

Su mente estaba llena de preguntas. Quería saber cuándo había empeorado tanto su asma. Sabía que sufría de asma desde la infancia, y también que el detonante era el estrés. A juzgar por la noche anterior, sufría un estrés monumental.

Cristiano, recordando el papel que había jugado a la hora de provocar el ataque, se frotó el rostro. Había perdido el control. Aunque su relación había terminado hacía dos años, desde que la había visto en el aeropuerto no había dejado de pensar: «Es mi esposa. Mía».

Antes de conocer a Laurel se había considerado un hombre moderno, en la medida en que podía serlo un hombre siciliano. En las últimas veinticuatro horas, había tenido que replantearse ese análisis; pensaba como uno de sus ancestros cavernícolas. Estaba celoso, más que celoso. Los celos lo reconcomían como un veneno.

No quería que ella siguiera adelante. No quería que se creara una nueva vida en la que él no fuera el personaje principal.

—Te he enviado un documento por correo electrónico —su abogado carraspeó y empujó una carpeta hacia él—. Que te negaras a firmar una separación de bienes o un acuerdo prenupcial, en teoría que te deja muy expuesto.

—No me importa el dinero.

—Tienes suerte. Por lo visto a ella tampoco —Carlo sacó otros documentos del maletín—. Su abogada dice que, si podemos acelerar el proceso de divorcio, está dispuesta a no pedir nada.

—¿Qué le has dicho? —el que estuviera dispuesta a renunciar a todo para librarse de él atizó su instinto básico de macho. No podía odiarlo tanto.

—Le dije que en Sicilia una pareja tiene que estar separada tres años y que la reunión de hoy era una formalidad. Una oportunidad de hablar en persona, dado que hace dos años que no os veis.

Hablar. ¿Cuándo habían hablado? Cristiano se frotó la frente, pero eso no alivió su dolor de cabeza. Le había lanzado recriminaciones y ella había reaccionado de la forma habitual, levantando más barreras y muros entre ellos.

No dejaba de oír la apasionada acusación de que le había exigido abrirse y confiar en él, para abandonarla cuando lo necesitaba. Cierto, le había fallado. Pero eso no excusaba que hubiera puesto punto final al matrimonio. No a su modo de ver.

Cristiano se preguntaba por qué, habiendo millones de mujeres que no dejaban de hablar de sí mismas y de sus emociones, había elegido a la única mujer que no lo hacía. Sabía que el aborto la había devastado, pero ella se negaba a hablar del tema.

Tal vez el error inicial había sido de él, pero ella no había mostrado interés en perdonarlo o aceptar sus gestos conciliadores. Flores, diamantes... Había estado demasiado ocupada haciendo las maletas para prestar atención. Él se había portado mal pero ¿era imperdonable?

—Laurel ha enviado un mensaje: no puede venir porque está ayudando a Dani —era obvio que Carlo intentaba mostrar tacto—, pero le haré llegar los documentos para que los firme hoy.

A Cristiano no se le escapó la ironía de interrumpir una boda por un divorcio.

Le había pedido a su piloto que estuviera listo para volar a Cerdeña después de las celebraciones. Pero antes tenía que pasar por el trago de la boda de su hermana. Y Laurel también.

—Haz lo que haya que hacer —le dijo al abogado—. Tengo que ir actuar de maestro de ceremonias del circo que han montado.

—Cuando vi las flores y los ponis blancos, me pareció que había entrado en un cuento de hadas —Carlo sonrió—. Es típico de Dani.

–Mi hermana está obsesionada con los finales felices –dijo él. Pensó que Laurel, en cambio, no creía en ellos. Aún recodaba cómo, durante la boda, no había dejado de tocarlo para comprobar que era real. Su mano, su rostro. «Dime que esto está ocurriendo. Que no voy a despertarme de repente».

Nunca había visto a nadie tan feliz, y había sentido euforia al saber que se había ganado su confianza. Una euforia que había seguido por una caída en picado cuando todo se estropeó.

Para Laurel el final no había sido feliz. Había sido como estrellarse contra una pared.

–Te queda perfecto –Dani se echó hacia atrás y estudió a Laurel–. Estás guapísima.

–Ambas sabemos que no soy guapa, pero gracias. Tú sí estás bellísima, que es lo apropiado, siendo la novia –Laurel sonrió, ocultando su dolor–. Todo el mundo te estará mirando.

Laurel habría preferido no lucir una pálida túnica de seda ni llevar un ramito de luminosas margaritas amarillas. No encajaban con su estado de ánimo y le recordaban demasiado a su propia boda. Un evento que se esforzaba por olvidar.

Cristiano y ella se habían casado en la capilla privada de la familia Ferrara, dejándose arrastrar por un impulsivo torbellino de felicidad.

Dani había optado por una boda en la playa, e invitado a la mitad de la población de Sicilia.

A Laurel la aliviaba que fuera una boda tan absolutamente distinta de la suya. No habría momentos de nostalgia ni recuerdos incómodos. Solo tenía que pasar el trago y volver a casa.

Por suerte, Cristiano había salido de la villa antes de que ella se despertara, librándolos a ambos de otro incómodo encuentro. Pero temía el momento en el que volviera a verlo.

Ese beso... El hombre sabía besar, pero eso no cambiaba las cosas. Un beso no era amor.

—¿Estás lista? –ajustó el velo de Dani.

—Oh, sí. ¿Y tú?

—Claro. Vamos allá –Laurel sonrió. «Acabemos con esto, y me iré a casa». Volaba al día siguiente.

Solo tenía que sobrevivir a la boda, la cena y otra noche en la villa. Se concentraría en su amiga. No miraría a Cristiano. Fue hacia la puerta.

—Espérame –Dani agarró su brazo–. Quiero ver la cara de Cristiano cuando te vea con ese vestido.

—No te rindes nunca, ¿verdad?

—No cuando es algo por lo que merece la pena luchar. Sabes que aún lo quieres.

—Muévete, o llegarás tarde a tu propia boda –Laurel no seguía queriéndolo. En absoluto.

—No cambies de tema.

—¡Es tu boda! El tema eres tú. Vamos.

Laurel, cruzando la terraza cubierta de flores con Dani, agradeció el estilo ostentoso de su amiga. Su propia boda había sido discreta e íntima. Un intercambio de votos entre dos amantes y los amigos y familiares más cercanos. En la de Dani, había más de doscientos invitados.

No supo cómo había reaccionado Cristiano a su vestido porque, ocupada con el vestido de su amiga, no lo miró cuando llegó a la terraza.

—Estás de vuelta –le dijo la madre de él, cuando estuvieron cara a cara. Ni siquiera el sol siciliano podía paliar la falta de calidez de la frase. Laurel conocía bien el motivo de su desaprobación.

A Francesca Ferrara, cuyo linaje documentado se remontaba a antes del siglo xv, Laurel tenía que parecerle una nuera del infierno. Una descastada que no había cumplido el requisito esencial de una buena esposa siciliana: ser ciega al mal comportamiento de su esposo.

—He venido solo a la boda. Luego me iré.

El cuarteto de cuerda dio inicio a la ceremonia, librándola de una conversación incómoda. Aliviada, se concentró en su papel de dama de honor. Se le hizo un nudo en la garganta cuando, antes de decir los votos, Dani tomó la mano de Raimondo.

Laurel había hecho lo mismo en su boda. Se sentía tan increíblemente feliz que había tenido que comprobar que el momento era real, que le estaba ocurriendo a ella. Cristiano se había reído, había alzado su velo y, tomando su rostro entre las manos, la había tranquilizado con un beso.

Tenía la extraña capacidad de leer su mente y derrumbar sus reservas y su cautela. Era el primer hombre al que había permitido entrar en su corazón. El único hombre.

La caída había sido mucho peor por eso mismo.

Sintió un leve mareo, pero no supo si se debía al calor del sol o a su profunda tristeza. En ese momento se dio cuenta de que Santo la miraba y notó que tenía las mejillas húmedas.

Preguntándose cuándo habían empezado a derramarse las lágrimas sin su permiso, captó el instante en el que la mirada hostil de Santo se transformó en una expresión de intriga.

Laurel deseó que Cristiano no hubiera visto su pérdida de control. No se atrevía a mirarlo, así que se conformó con la esperanza. Si decía algo, tendría que simular que se le había metido algo en el ojo. Arena o un insecto.

Furiosa consigo misma, miró al frente. No era llorona, nunca lo había sido. Pero tenía ganas de llorar desde que había llegado a Sicilia.

Tal vez la culpa fuera del estúpido vestido.

Había dedicado horas a planificar su equipaje, asegurándose de que toda su ropa fuera práctica. Y allí estaba, luciendo el vestido más romántico del mundo y siendo testigo de una manifestación pública de amor, una palabra que anhelaba desterrar de su cerebro.

El nudo que sentía en la garganta se hizo mayor cuando su amiga intercambió alianzas con el hombre al que adoraba. Laurel habría querido taparse las orejas para no escuchar. Por el rabillo del ojo veía a Cristiano, poderoso e impactante con un traje oscuro bien cortado.

Se preguntó si él también estaba pasando un infierno. Si sufría tanto como ella.

Laurel apretó las flores, intentando controlar sus sentimientos. Deseó que Dani y Raimondo se apresuraran, para poder irse. Necesitaba hacer algo vulgar y corriente para serenarse. Volvería a la villa a revisar su correo electrónico. O se quitaría el vestido y saldría a correr. Lo que fuera.

Intentó centrar la atención en los exuberantes jardines que les rodeaban. Los jazmines perfumaban el aire y una buganvilla de color rosa llenaba la terraza de color. Era un lugar precioso, ideal para una boda.

Sin poder contenerse, miró a Cristiano. A través de la terraza, sus ojos se encontraron.

Él la miraba como si estuviera intentando leer su mente, con los ojos negros abrasando los suyos, mientras Dani y Raimondo decían sus votos.

«Así éramos nosotros». Los labios de él no se movieron, pero ella oyó sus palabras mentalmente. «Teníamos esto y tú lo destruiste».

Con el corazón desbocado, Laurel volvió a mirar a Dani. Aunque fuera ella la que se había ido, era él quien lo había destruido todo.

Cuando la pareja se inclinó para besarse, Laurel descubrió que tenía la piel de gallina. Sentía escalofríos y estaba pálida como una sábana. El resto de la ceremonia se convirtió en algo borroso, una especie de tortura. Vio a Dani abrazar a su esposo y oyó suspiros y felicitaciones de los invitados, sintiendo cada vez más frío.

De alguna manera consiguió sonreír, aguantar las fotos y decir lo correcto... «Enhorabuena, encantada, sí, está bellísima, muy felices...». Cristiano, por su parte, se aseguraba de que todo fuera perfecto para su hermana, controlando su propio dolor a base de fuerza de voluntad.

Laurel pensó, con tristeza, que él era capaz de sentir, pero a veces se equivocaba del modo más terrible. Por ineptitud, no por crueldad.

Viendo que todos estaban pendientes del novio y la novia, Laurel giró la cabeza. Cristiano hablaba con unos invitados y se permitió mirarlo largamente, sabiendo que sería la última vez.

Admiró las espesas pestañas, la mandíbula fuerte y la tentadora curva de su boca. La añoranza le desgarraba el pecho, lo que no tenía sentido.

Ella no quería dar marcha atrás.

En el fondo sabía que incluso, si él la hubiera puesto por encima del trabajo aquél horrible día, el resultado habría sido igual. Tal vez habrían llegado por otro camino, pero estarían donde estaban.

No funcionaban bien juntos. Una relación necesitaba más que química para ser duradera.

De repente, él volvió la cabeza y captó su mirada. Frunció el ceño, como si hubiera visto algo en su rostro que lo intrigaba.

Laurel se quedó sin aire. Observó cómo él intentaba leerla utilizando su aguda mente para analizar los datos que tenía a su disposición.

Una de las primitas de Dani, nerviosa por la multitud, se agarró a su pierna, buscando seguridad. Cristiano respondió de inmediato, alzando a la niña en brazos. La niña enterró la cabeza en su hombro y él acarició los rizos rubios con mano firme, mientras susurraba palabras tranquilizadoras.

Fue como una bofetada ver esa exhibición de protección masculina. Ese era Cristiano en su salsa, rodeado de gente que dependía de él.

Era una ironía que la única vez que ella se había permitido hacerlo, él no hubiera respondido.

Laurel se apartó discretamente del grupo y fue hasta el otro extremo de la terraza. Si daba un rodeo, podía volver a la villa sin que la vieran. Era su oportunidad para salir de la vida de Cristiano sin complicaciones. Haría la maleta y pondría rumbo al aeropuerto. No esperaría más. Volaría a donde fuera para no pasar la noche en Sicilia.

–¿Qué ocurre, Laurel? –preguntó Santo, interponiéndose en su camino.

–Necesito estar sola –no lo quería como testigo de su desconsuelo. Era humillante.

Unos dedos fuertes agarraron su barbilla y le alzaron el rostro. Frunció el ceño al ver sus ojos.

–Estás llorando. ¿Por qué ibas a llorar tú?

–He estado mirando al sol.

–¿Por qué te marchas?

–Porque fue una locura venir –le contestó–. Un divorcio y una boda no combinan bien.

–Estaba observándote. Cuando Dani dijo sus votos, parecía que alguien te estuviera arrancando la piel tiras.

–La muerte de un matrimonio siempre es triste.

–No estaba mirando a una mujer que lamentara la muerte de su matrimonio.

–Me viste dolida. Fue difícil para mí verlos intercambiar esos votos, cierto. Eso no cambia el hecho de que Cristiano y yo hayamos acabado.

–¿Por qué? Es obvio que sigues enamorada de él.

–¡No estoy enamorada de él! –su pie casi resbaló en el escalón–. Es... eres... No lo estoy –no quería estarlo, se negaba a estarlo. Eso sería como haber estado a punto de ahogarse en el mar y luego decirle a alguien que se amaba el agua.

–Nunca he visto a una mujer esforzarse tanto por no mirar a un hombre como tú a Cristiano durante la ceremonia. ¿Temías que, si lo mirabas, él vería lo que sentías? Siempre tuvisteis eso... –abrió las manos con un gesto expresivo– esa capacidad de leeros la mente. Sabíais lo que estaba pensando el otro. Él solía bromear conmigo por eso, me decía que un día encontraría a una mujer con la que conectaría como él contigo.

Laurel se sentía como si estuviera a punto de desmayarse. Quería que Santo la dejara en paz.

–Ocúpate de tu vida sentimental, Santo, yo me ocuparé de la mía –intentó pasar, pero él la agarró.

–Lo que hiciste casi destrozó a mi hermano. Le vi arrastrarse día tras día. Perderte fue como perder el oxígeno. Sin ti no podía respirar.

–Santo... –Laurel tampoco podía respirar. Empezaban a arderle los pulmones.

–Lo más gracioso es que no creía en el amor hasta que os vi a los dos juntos.

Laurel se agachó, pasó por debajo de su brazo y echó a correr.

Suponía que podría disponer de pocos minutos. Minutos para hacer la maleta y marcharse de la villa antes de que él fuera a buscarla.

Minutos para acabar con la historia para siempre.

El cielo había pasado del color rojo a un negro aterciopelado, tachonado de estrellas. Si había un momento para creer en el romance y en los finales felices, era ese. Pero Laurel no era creyente.

Se había terminado y tenía que salir de allí.

Capítulo 5

DESDE el otro extremo de la terraza, Cristiano contempló el intercambio entre su esposa y su hermano. La niña que tenía en brazos dijo algo y él contestó automáticamente. Después la dejó en el suelo y le dijo que fuera a jugar. Su mente estaba inmersa en Laurel.

Durante la boda la había ignorado. No quería que su infierno privado hiciera acto de presencia en el día de su hermana. Pero, cuando Santo le había dado un golpecito para que la mirara, había captado la expresión de su rostro y sabido que ella estaba pensado lo mismo que él. Lo había dejado atónito ver el brillo húmedo de sus mejillas. En el tiempo que habían estado juntos, no la había visto derramar una sola lágrima. Era la mujer más dura y fuerte que conocía.

–Ve tras ella –le susurró con urgencia Santo, sereno y sonriente en apariencia–. Ve ahora, porque se marchará en minutos.

–Es complicada.

–Todas las mujeres son complicadas. No es que las entienda, pero sé una cosa... –Santo agarró una copa de champán de una bandeja– si existe el amor, esa mujer te ama. Vete. Yo te sustituiré aquí.

Cristiano se quedó inmóvil, recordando su rostro en la sesión de fotografía: anhelo y una intensa tristeza, como si la situación estuviera absorbiéndola y ahogándola. Eso no tenía sentido.

¿Por qué iba a estar triste si quería el divorcio? Si no tenía sentimientos por él, ¿por qué la estresaba tanto la situación?

De repente, una luz de comprensión destelló en su cerebro. Se apretó la frente con los dedos.

Por mucho que lo negara era obvio que lo quería. También era obvio que amarlo la asustaba mortalmente. Huía porque temía rendirse a esos sentimientos. No quería perdonarlo porque le daba miedo. Temía volver a confiar en él.

A su espalda oyó risas y los primeros acordes de la música, pronto empezaría el baile.

Poco después, movido por la ira consigo mismo, y con ella, Cristiano entró en la villa con la sutileza de un policía en una redada. Cerró de un portazo y Laurel salió corriendo del dormitorio.

—¿Qué ha pasado? —le preguntó, asustada.

Cristiano vio la maleta a los pies de la cama y supo que llegaba justo a tiempo. Santo había tenido razón. Unos minutos después se habría ido.

Empeñado en desvelar la verdad, caminó hasta ella, la arrinconó contra la pared y apoyó un brazo a cada lado, atrapándola.

«Ahora intenta escapar. Inténtalo, belleza mía».

La intensidad de la ira que crecía en su interior era desbordante. Los ojos de ella se ensancharon.

—¿Qué diablos te ocurre? —exigió él.

Ella intentó escabullirse pero él lo impidió. Se sentía como un animalito en una trampa, retorciéndose y jadeando para liberarse, pero consiguiendo solo que él la apretara más.

—No vas a ir a ningún sitio —metió la mano entre su

pelo oscuro, que se soltó y cayó sobre su muñeca, suave y sedoso–. No saldrás de esta habitación hasta que admitas cómo te sientes.

–¿Ahora mismo? Cansada de estar contigo.

–Mientes. Deseas esto tanto como yo... –apoyó la boca en la de ella, transmitiendo toda su ira, desesperación y emoción con ese acto físico. La besó como si nunca lo hubiera hecho antes y no fuera a hacerlo nunca más, como si fuera el aire que le daba la vida, la sangre que alimentaba su corazón. El sabor dulce y cálido de su boca se le subió a la cabeza. Era como una droga peligrosa que lo invadía, transformando la ira en otro potente sentimiento.

Era vagamente consciente de que ella había dejado de forcejear y se agarraba a su camisa, entreabriendo la boca bajo la de él. Fue como una llamarada que le hizo perder el control del todo. La alzó en brazos, sin pensarlo, y la llevó a la enorme cama desde la que se veía la piscina privada y la suave curva de la playa al fondo. Un entorno idílico que ni vieron, cegados por la pasión.

El pantalón cayó al suelo, seguido por el vestido de seda. Después él la tumbó de espaldas y la melena suelta cayó sobre las sábanas como chocolate fundido sobre nata montada. Solo una diminuta prenda de encaje la protegía de él, y no tardó en arrancársela. Esa vez no iba a permitir que le escondiera nada, ni un milímetro de su ser. La cubrió con su cuerpo, dispuesto a utilizar su peso para retenerla, pero ella se aferró a su cuello, buscando su boca. Como un hombre desfallecido, calmó su hambre en los labios de ella, que gimiendo y enredando los dedos en su pelo, exigía tanto como daba. Con la lengua en su boca, una mano moldeaba la curva de su mejilla mientras la otra buscaba la tentadora curva de su seno.

Los detalles se difuminaron mientras saboreaban, tocaban e incitaban. Era un encuentro salvaje, casi violento, y hubo un momento en el que, mientras rodaban enredados, ansiosos como animales, él no supo si ella luchaba o lo animaba. Clavó los dientes en su hombro y ella emitió un sollozo que se transformó en gemido cuando él introdujo una mano entre sus muslos. Los dedos se deslizaron en la húmeda cavidad y ella se estremeció de placer. La tocó con destreza y su respuesta confirmó lo que había sospechado: estaba tan loca por él, como él por ella. Allí, en la situación más íntima, no podía esconderse de él.

Y él no podía esconderse de la verdad.

No quería un divorcio.

Quería a su esposa. Allí. En ese momento.

Para siempre.

Con un gruñido, Cristiano descendió por su cuerpo y utilizó la boca para dominar a esa mujer que lo tenía hechizado. Lamió trazando círculos diminutos, sintiendo la carne aterciopelada tensarse sobre sus dedos, hasta que ella gritó su nombre y estalló en mil pedazos.

Tentación y sensación. Se consideraba un hombre controlado, pero el control no existía con ella desnuda bajo él. Sin piedad ni pausa, la llevó al clímax una y otra vez. Después, se situó sobre ella y la penetró con una embestida de pura posesión.

Era suya y siempre lo había sido.

La abrasadora pasión le hizo cerrar los ojos.

Sintió que el cuerpo de ella se tensaba y su mente se quedó en blanco. Siempre había sido así entre ellos, era mucho más que sexo. Era una unión que iba más allá de lo meramente físico. Fuera lo que fuera mal, el sexo siempre lo había solucionado. Olvidándolo todo menos el momento, la penetró una y otra vez, haciéndola suya de todas las formas posibles. La explosión de placer fue la culminación de dos años de privación y abstinencia. Una tormenta destructiva que acabó con sus diferencias. Una y otra vez, en oleadas, sus cuerpos experimentaron algo cercano a la fusión sexual.

Al notar que ella lloraba, intentó despejarse de la pasión, pero el impacto de lo que habían compartido lo había debilitado; se sentía impotente para detener las lágrimas que surcaban sus mejillas y los sollozos incoherentes contra sus labios.

Para entender lo que decía, apartó la boca de la suya. «No puedo volver a hacer esto...», creyó oír.

La emoción le oprimió el pecho y le cerró la garganta. Maldijo y la apretó contra sí, en un gesto posesivo y protector.

Ella tembló y sollozó, empapándole el pecho. Dos años antes lo habría consternado que alguien le dijera que lo complacería verla llorar. Pero sí sentía una alegría salvaje, primitiva, porque Laurel rara vez mostraba sus emociones. Que lo estuviera haciendo indicaba que se sentía debilitada y vulnerable, en ese estado podría persuadirla para que hablara.

Tal vez fuera cruel aprovecharse. Ella ya lo había acusado de crueldad. Pero él no era persona que se rindiera cuando era necesario hacer algo.

Le apartó el pelo húmedo del rostro y secó sus ojos. Su respiración era discontinua, jadeante, pero no había indicios de un ataque de asma. Eso era un alivio, porque no iba a permitir que nada, ya fuera volcán, terremoto o su propia conciencia, interrumpiera la conversación.

Hizo acopio de resolución y la miró, no podía permitir que volviera a levantar sus barreras. Seguía dentro de ella, aún duro, gracias al impresionante efecto que ejercía en él. Ella tenía los ojos rojos e hinchados, y la boca amoratada por sus besos.

Era imposible una situación más íntima. Y él quería eso. Lo quería todo.

Todo lo que habían perdido, y mucho más.

Tomó su barbilla con la mano y giró su rostro para que lo mirara.

—Ahora dime que no estás enamorada de mí.

Laurel estaba conmocionada por el torrente de emociones y el impresionante sexo. Agotada física y emocionalmente, solo quería ponerse de lado y apoyar la cabeza en la almohada. Pero él, sobre ella y aguantando el peso en los codos, se lo impedía. Intentó apartarse, pero estaban entrelazados en todos los sentidos. Aún lo sentía en su interior, duro.

—No te muevas...

—Entonces muévete tú...

—No hasta que admitas lo que sientes... —su voz sonó ronca. Ella lo conocía lo suficiente para saber que no cejaría hasta oírle decir lo que quería escuchar. Y no tenía ninguna intención de hacerlo.

—Pesas mucho. No puedo respirar.

Movió las caderas instintivamente, arrancando una maldición de los labios de Cristiano.

—He dicho que no te muevas —inspiró profundamente y cerró una mano sobre su cadera, sujetándola e intentando no perder el control.

—Necesito aire fresco.

—Cobarde.

¿Era una cobarde? Decidió que no. Era fuerte. Había sobrevivido a una infancia que habría destrozado a la mayoría de la gente. Pero su cruda realidad le había enseñado una importante lección: la vida trataba de elecciones; ella había decidido elegir siempre lo mejor.

«¿Y qué haces en la cama de Cristiano?».

Era una mala elección pero, en su descargo, él solo le había dado milisegundos para pensarlo.

—Eres un hombre muy atractivo, Cristiano, es innegable. Por eso hemos practicado el sexo.

—Lo he notado —esbozó una sonrisa de macho orgulloso. Movió el cuerpo lo justo para arrancarle un gemido—. ¿En qué te convierte eso?

—En una estúpida.

Él siguió sonriendo, aunque con cierta ironía.

—No eres estúpida, pero sí mentirosa, tesoro. Y estás enamorada de mí.

—Eres un arrogante. El mundo no empieza y acaba en ti.

—Para ti sí. Admítelo —seguía teniéndola atrapada. Ella se retorció bajo él, pero al notar que la erección de él aumentaba, se quedó quieta.

—Quítate de encima o te haré daño.

—Eres fuerte, pero yo lo soy más —farfulló él—. Dime por qué te marchaste. ¿Por qué no me gritaste y discutiste para arreglarlo?

—Porque no quería arreglarlo —no estaba acostumbrada a sentirse impotente, y con él le ocurría a menudo—. Eres un bastardo egoísta y no quiero pasar el resto de mi vida contigo. No estamos bien juntos.

—Tienes razón. Juntos estamos fatal —le susurró en los labios, seductor—. Puede que sea un bastardo egoísta, pero te quiero.

—Ya se te pasará —dijo ella. Él siempre sabía qué decir para desequilibrarla. La derretía.

—Solo por curiosidad, ¿debajo de cuántos hombres gritas en una semana normal?

—Eres asqueroso.

—Pero sincero. Y puede que algo posesivo —concedió–, pero no me molesta que tú lo seas también. Creo que merece la pena luchar por lo que tenemos, por eso estoy aquí –atrapó su barbilla y la miró a los ojos–. Dilo. Di «te amo».

–¿Por el sexo? ¿Suponías que tu fantástica técnica actuaría como borrador mental? Ha sido un acto físico, Cristiano. Sin significado emocional.

Él maldijo por lo bajo y se quitó de encima. Se tumbó de espaldas con gesto de frustración.

–Me vuelves loco, lo sabes, ¿verdad?

–Lo mismo te digo.

Aunque había querido que la soltara, ya lo echaba de menos. Siempre habían dormido agarrados. Ella nunca había dependido de nadie, y su forma de dormir con Cristiano la había llevado muy cerca de saltarse esa norma.

En ese momento él se levantó, cómodo con su desnudez. Era un príncipe. Los músculos de su torso se contraían con cada movimiento, y ella sintió una respuesta física inmediata, a pesar de estar saciada de sexo.

Él giró la cabeza para mirarla y ella sintió la misma conexión que los había unido la primera vez que se vieron. Eso la derritió por dentro.

–¿Por qué las mujeres siempre lo convierten todo en un drama?

–¿Perdona? –la pregunta desconcertó a Laurel.

–Cometí un error –abrió las manos en lo que parecía ser un gesto de disculpa–. Debería haber estado allí, pero no estuve. ¿Por qué tiene que convertirse eso en una barrera insalvable? Fue desafortunado, sí, ¿pero renunciarías a todo solo porque un día tomé una mala decisión?

«¿Desafortunado?». La niebla de la mente de Laurel se despejó. Todo lo que se había ablandado volvió a endurecerse.

–Al menos admites que fue una mala decisión, supongo que es un principio –dijo, temblorosa.

–Si hubiera sabido que iba a afectarte tanto, es obvio que habría tomado otra decisión, pero el negocio caribeño estaba en una fase muy delicada.

«¿Delicada?». Laurel se vio en la cama del hospital, cuando le dieron la noticia. Él no tenía ni idea de por lo que había pasado, y ella no se había molestado en contárselo porque ya era irrelevante.

–Estás diciendo que solo fue una mala decisión por cómo reaccioné. Si hubiera actuado como una tolerante esposa siciliana, poner tu trabajo por encima de todo habría sido aceptable.

–Ese es nuestro hotel de más éxito. Si no hubiera ido ese día, habríamos perdido la puja.

–Así que estás diciendo que el negocio era más importante que yo, y que no te arrepientes porque te está dando buenos beneficios.

–¡Otra vez estás tergiversando lo que digo!

–No tergiverso nada. Lo veo todo muy claro.

–Ya está hecho. No tiene sentido recordarlo.

–Me alegra saber que no te fustigas por ello –dijo Laurel, seca–. Odiaría pensar que los remordimientos te quitan el sueño por la noche.

–Lo que digo es que anclarse en el pasado es un desperdicio de energía. No se puede cambiar.

–Cierto, pero puede utilizarse como indicador del comportamiento futuro. Se llama aprender de los errores. Algo que a ti no se te da bien, quizá porque el ego te nubla la visión –Laurel saltó de la cama y fue hacia su maleta, abandonada en el suelo.

Horrorizada por lo cerca que había estado de dejarse seducir por un regreso al pasado, tiró de la cremallera. Él la miraba, incrédulo.

—¿Qué diablos haces ahora?

—Irme. Es lo que intentaba hacer antes de que entraras aquí y utilizaras el sexo como arma.

—No utilicé el sexo como arma —su mirada se volvió oscura y peligrosa—. A no ser que te refieras a usarlo para cascar tu inexpugnable coraza.

—Llevo esa coraza para protegerme de gente como tú.

—Te amaba. Aún te amo —su voz se espesó—. Me comprometí contigo, pero por lo visto eso no significó nada para ti. Sigue sin significar nada.

—Nunca me amaste, Cristiano. Te gustaba el reto, la persecución... —abrió la maleta—. Quizá te gustara que fuese la única mujer que no te miraba embobada y a la que no impresionaban tu dinero y tu estatus. No lo sé, pero sí sé que no era amor. Tú solo amas tu trabajo, es lo primero para ti.

—Te amaba. Pero eso te daba miedo. Tu problema es que no te permites necesitar a alguien.

—Y eso te irrita, ¿verdad? No puedes tener una relación con alguien que no te necesite. No quieres un igual, quieres a alguien dependiente porque así te sientes más grande y más macho —sacó una camiseta de la maleta—. Me obligaste a necesitarte. Pinchaste y pinchaste hasta agujerear la armadura que llevo creando toda la vida, y después te marchaste, dejándome expuesta. Te odio por eso.

—¿Por qué no me lo dijiste en vez de irte sin más? Eso fue una cobardía.

—Fue pura supervivencia.

—Volví del viaje dispuesto a ofrecerte todo mi apoyo y estabas allí sentada, en silencio. No me hablaste, excepto para decir: «Voy a dejarte».

Ella no había tenido palabras para comunicar lo que

sentía. Era algo tan enorme y aterrador que apenas era capaz de funcionar como persona.

—No había más que decir —Laurel se puso unos pantalones vaqueros—. Esta conversación ha terminado. Mi vuelo sale dentro de una hora.

—Entonces saldrá con una pasajera menos —el tono áspero de su voz habría detenido a cualquier otra mujer, pero Laurel se puso los zapatos.

—Estaré en ese avión, y si intentas detenerme, llamaré a la policía —prefirió no recordar que el jefe de policía cenaba con los Ferrara muy a menudo—. El divorcio sigue adelante. Esta mañana firmé todos los documentos que trajo Carlo.

—Eso ahora es irrelevante.

—¿Qué quieres decir? —se abotonó la blusa rojo escarlata y liberó el pelo que había quedado dentro del cuello. Él siguió el movimiento con los ojos.

—La ley italiana expresa claramente que la separación ha de ser física para ser válida. Hace falta una separación formal de tres años —su mirada, intensa y sensual, pasó del pelo a su boca, recordándole lo que acaban de hacer.

—No hablas en serio —a Laurel se le encogió el estómago al comprender lo que insinuaba. ¿Era posible que hubiera reiniciado el reloj, sin saberlo?

—Incluso si no acabáramos de demostrar que no podemos estar separados tanto tiempo, ya no te concedería el divorcio —su voz sonó acerada.

—Nadie sabe lo ocurrido. Podemos divorciarnos.

—No quiero el divorcio.

—¡Sí lo quieres! Me odias por dejarte.

—Y tú me odias por haber asistido a una reunión cuando debería haber volado a casa para estar contigo. Ambos cometimos errores. Estar casado supone solucionarlos y seguir adelante. Eso es lo que vamos a hacer.

Ella cerró la maleta y agarró el asa. La desesperaba su arrogancia; creía que le bastaba con chasquear los dedos para conseguir sus deseos.

—Crees que podemos seguir adelante, pero no tienes ni idea de lo que ocurrió ese día —temblaba solo de pensarlo—. No sabes cómo me sentí.

—Pues dime cómo te sentiste. Dímelo ahora —su frialdad desapareció—. No te guardes nada.

—Empezó con un dolor en la parte baja del vientre —dejó caer la maleta al suelo y siguió hablando con voz firme—. Pensé: «Esto no está bien». Te llamé, pero tu secretaria me dijo que no se te podía molestar.

Él tensó la mandíbula, como un boxeador antes de recibir un golpe. Eso no era lo que quería oír.

—Laurel...

—No te culpo por eso —lo interrumpió. Ya que había decidido hablar, hablaría—. Que el primer mensaje no te llegara fue culpa de ella. Y mía por no insistir en mi necesidad de hablar contigo. Llamé al médico y me dijo que tomara calmantes, volviera a la cama y descansara un rato. Lo hice y el dolor empeoró. No conocía a nadie en Sicilia. Tu madre estaba con su hermana en Roma, Santo estaba contigo en el Caribe. Estaba sola. Y asustada —el énfasis que dio a esa palabra afectó profundamente a Cristiano—. Volví a llamarte. Esa vez insistí en hablar contigo y te pasó la llamada... —se le aceleró el corazón; volvía a estar en esa habitación, sintiendo dolor y pánico—. Me preguntaste si sangraba y cuando dije que no, hablaste con el médico y decidisteis que era una neurótica.

—Eso no es verdad. En ningún momento te acusé de neurosis —se defendió él. Laurel ni lo oyó.

—Siempre te quejabas de que me costaba decirte lo

que sentía. «Confía en mí», me dijiste, con esa voz seductora que utilizas siempre que quieres salirte con la tuya. Así que lo hice. Ese día puse toda mi confianza en ti. Te dije que creía que algo iba muy mal y que no me fiaba del médico. Te dije que tenía miedo. La primera y única vez que he admitido miedo ante nadie. Y tu respondiste desechando mi opinión y dando validez a la del médico. Volviste a tu reunión. Con el teléfono apagado.

Ella vio el momento exacto en el que él tomó conciencia del impacto de esa decisión. Su respiración se ralentizó y palideció un poco.

—Era un momento bastante malo...

—También era un momento bastante malo para mí —esa vez no iba a dejarle librarse—. Cuando dijiste: «Ahora tengo que irme, pero te llamaré después. No te preocupes, estarás bien», ¿cómo creías que iba a sentirme?

—Intentaba tranquilizarte.

—No, intentabas tranquilizarte tú. Necesitabas convencerte de que estaría bien, como justificación para no volver inmediatamente. Preferiste pensar que yo exageraba. No te planteaste una sola vez que nunca te había pedido nada. No pensaste en mí en absoluto, así que no me hables de amor. Incluso si no hubiera perdido al bebé, el que te pidiera ayuda cuando nunca te había llamado al trabajo, debería haber sido suficiente —barbotaba las palabras y los sentimientos sin control—. Dices que destrocé nuestro matrimonio al marcharme, pero fue tu vacía e inútil palmadita verbal la que hizo eso. Era la primera vez en mi vida que pedía ayuda a otra persona. Y me ignoraste. Y porque sentía pánico, porque no podía creer que hubieras hecho eso, llamé una vez más y habías apagado el teléfono.

—No me dijiste que te sentías así —Cristiano tenía la

sensación de haber recibido una ráfaga de metralla en el cerebro.

—Te lo estoy diciendo ahora. ¿Y sabes qué es lo peor? —le había costado abrirse, pero ya no podía parar—. Como me había permitido depender de ti, durante un horrible minuto pensé que no podría apañarme sin tu ayuda. Tuve que recordarme que antes de que tú llegaras e insistieras en ser el macho protector, me apañaba de maravilla yo solita. Después de eso, me calmé y fui al hospital.

—¿Al hospital? —él frunció el ceño—. ¿Por qué?

—Porque ni mi médico ni mi esposo creían que algo iba mal. Por suerte, yo no pensaba igual —vio que los anchos hombros de Cristiano se tensaban. Allí de pie, desnudo, tendría que haber parecido vulnerable, pero él no sabía lo que era eso.

—No tenía ni idea de que fuiste al hospital. Tendrías que habérmelo dicho.

—¿Cuándo? ¿Cuándo se supone que iba a decírtelo? Intenté hacerlo, pero habías apagado el teléfono para evitar la inconveniencia de hablar con tu neurótica esposa. Para cuando me hiciste un hueco en tu apretada agenda, ya me había hecho cargo del tema. No tenía sentido decírtelo.

—Ahora estás siendo infantil.

—Te pedí ayuda y no me la diste. Te dije que tenía miedo y no viniste. ¿En serio creías que iba a seguir suplicándote atención? Hice lo que siempre he hecho. Solucioné el problema. Eso no es infantil, Cristiano. Es un comportamiento adulto.

—Los adultos no huyen de una situación difícil —tensó el mentón—. Incluso en esas circunstancias, no había excusa para enfurruñarse.

—¿Enfurruñarse? —la voz le temblaba tanto que apenas podía hablar. Inspiró profundamente para serenarse–. Dios, no tienes ni idea. No sé por qué malgasto el aliento en esta conversación. Dices que no hablo, pero el problema es que tú no escuchas. Digo: «Tengo problemas», y tú oyes: «Está neurótica; todo irá bien». Si eso es amor, ni lo quiero ni lo necesito –Laurel sacó el teléfono del bolso, marcó un número y pidió un taxi en italiano, asombrada por el deseo que sentía de lanzarse sobre él y herirlo físicamente.

–No vas a salir de esta habitación hasta que acabemos de hablar –afirmó él con frustración.

–Espera y verás.

–¡Basta! ¡Vale ya! –pálido como una estatua de mármol, le cortó el paso–. Entiendo que perder un bebé es una experiencia devastadora para una mujer. A mí también me dolió mucho, pero no se puede perder la perspectiva. Estas cosas pasan. Mi madre perdió dos bebés y los tres siguientes embarazos llegaron a término. El problema es nuestro matrimonio. Si conseguimos solucionar eso, tendremos más hijos.

Laurel se quedó inmóvil, helada. No entendía que alguien tan expresivo pudiera ser tan insensible hacia los sentimientos de los demás.

–No tendremos más hijos, Cristiano.

–Te dejé embarazada la primera vez que hicimos el amor sin protección. Podrías estar embarazada ahora mismo. Probablemente lo estés.

Esa inamovible confianza en su virilidad, multiplicó la tensión de Laurel por diez.

–No estoy embarazada. Eso no es posible.

–Un aborto no...

–No tuve un aborto.

–Pero... –arrugó la frente, desconcertado.

–Era un embarazo extrauterino –tuvo que hacer una

pausa para tomar aire y recuperar el aliento. Se puso la
mano en el abdomen, esa parte de su cuerpo cuyo mal
funcionamiento había tenido consecuencias devastado-
ras–. Si no hubiera seguido mi instinto e ido al hospital,
es muy probable que hubiera muerto cuando se rasgara
la trompa. El caso es que me operaron a los quince minutos de llegar y me salvaron la vida. Les debo eso.

Siguió un silencio demoledor.

Nunca había visto a Cristiano sin palabras. Nunca lo
había visto inseguro y tembloroso.

Pero lo estaba viendo en ese momento.

Su arrogancia había desaparecido. Incluso tuvo que
cambiar de posición, como si sus cimientos se tamba-
learan y necesitara equilibrarse.

Laurel, decidiendo que lo justo era darle el derecho
de la réplica, esperó.

Y esperó.

Él estaba pálido y apretaba los puños contra los muslos. Parecía devastado por su revelación.

–Debiste decírmelo –la ronca protesta rompió el silencio–. Hiciste mal ocultándome algo así.

Ese comentario dio al traste con cualquier atisbo de
compasión que ella pudiera sentir. Por lo visto, la culpa
seguía siendo de ella.

–Si hubieras estado allí, no habría tenido que decírtelo –le lanzó–. Te lo habría dicho el médico. Y también
que ya no puedo tener hijos. Extirparon una trompa y la
otra no está en condiciones para cumplir su función; tendrás que encontrar a otra mujer con la que demostrar tu
fantástica virilidad.

Con los ojos ardiendo y la garganta seca, agarró la
maleta y fue hacia la puerta, segura de que el taxi estaría
esperando. En los hoteles Ferrara primaban la eficacia
y la atención a los huéspedes. Era una pena que esa

misma atención no se hubiera prodigado en su matrimonio.

–No me sigas, Cristiano. No tengo nada más que decirte.

Capítulo 6

LA PUERTA se cerró de golpe.

Cristiano hizo un gesto de dolor cuando el ruido reverberó en su cráneo.

Miró el espacio vacío que momentos antes habían ocupado Laurel y su maleta. Una Laurel furiosa y llameante. Incluso cuando oyó el sonido de un motor alejándose, siguió quieto. Su cerebro y su cuerpo parecían haberse desconectado.

Embarazo extrauterino.

Había estado a punto de morir.

Cuando su cerebro asimiló la cruda y terrible verdad, fue al baño y vomitó con violencia.

Un caleidoscopio de imágenes inundaba su mente. Laurel aferrando el auricular, confesando que tenía un mal presentimiento. Él, apagando el teléfono antes de entrar a la reunión. Y la peor: un grupo de cirujanos luchando por salvar la vida a la mujer a la que amaba.

Una vida que él no había creído en peligro.

Un amor en el que ella no creía.

Para intentar despejarse, Cristiano se metió bajo la ducha y dio la máxima presión al agua fría. Minutos después tiritaba, pero su cerebro seguía sin funcionar. No podía dejar de imaginarla en una habitación de hospital, sola y sintiéndose rechazada.

La acusación de que le había obligado a confiar en él no dejaba de resonar en su mente. Recordaba con claridad la llamada telefónica, incluido el momento en que había otorgado su confianza al médico y quitado importancia a su ansiedad.

Cristiano cerró la ducha, se enrolló una toalla a las caderas y fue al dormitorio, intentando recordar dónde había dejado su teléfono móvil. Miró su traje, tirado por el suelo.

«Ella había estado a punto de morir».

Levantó el pantalón del suelo y buscó en los bolsillos. El teléfono no estaba.

«¿Por qué no le habían llamado del hospital cuando ella ingresó?».

Distraído, levantó la chaqueta y el teléfono cayó al suelo con un golpe sonoro. «Roto», pensó. Igual que todo lo que le rodeaba. Por su descuido.

Intentando no comparar la grieta de la pantalla con el estado de su matrimonio, Cristiano marcó el número del hospital. El teléfono funcionaba.

Su reputación hizo que lo pusieran en contacto con la persona indicada un momento después. Tembloroso, se sentó en el sofá.

Cuando el médico se negó a darle información del historial de Laurel sin el permiso de ella, Cristiano insistió, pero ser su esposo no le daba ningún derecho, y el hombre antepuso la confidencialidad del paciente.

Descompuesto, Cristiano se puso la ropa que había llevado la noche anterior y metió el teléfono rajado en el bolsillo del pantalón. El médico no habría podido decirle nada que cambiara cómo se sentía. Los detalles eran irrelevantes.

Él era quien siempre decía que era necesario moverse hacia delante. En cambio, estaba allí parado, anclado en el pasado mientras ella subía a un avión con la intención de alejarse de él.

Tenía que detenerla.

Abotonándose la camisa, Cristiano agarró las llaves del coche y salió de la villa corriendo. Subió al deportivo, arrancó e inició una carrera desenfrenada. Dejó a su asombrado equipo de seguridad envuelto en una nube de polvo blanco.

Parte de él sabía que se estaba comportando como un loco, pero le daba igual.

Ella hacía que se comportara como nunca lo había hecho antes. Había sido perfectamente feliz soltero hasta que conoció a Laurel.

Santo la había contratado para que lo entrenara para correr la maratón de Nueva York, y había sugerido que les asesorara respecto a las instalaciones deportivas del hotel.

Cristiano había estado perdido desde el segundo en que la vio. Había entrado en su despacho y, agitando la cola de caballo color chocolate, había señalado todos los fallos de planificación del modernísimo centro de fitness.

La mayoría de la gente se sentía intimidada por su poder. Casi nadie se atrevía a retarlo, pues suponía un riesgo excesivo para su futuro.

No había sido el caso de Laurel, que confiaba plenamente en su experiencia, tras toda una vida tomando decisiones sola. Cristiano pronto había descubierto que solo se fiaba de sí misma.

Recordó lo que había dicho el día que fue a su despacho a exponerles sus consejos.

—Tú me contrataste —le recordó con voz templada, mientras tachaba cosas de la lista y añadía otras—. Supongo que quieres mi opinión profesional. El plan es erróneo de principio a fin. Nadie viene a un hotel de esta calidad para sudar en una cinta andadora. Quieren un trato individualizado, con entrenadores personales.

Hacen falta pesas, pelotas de ejercicio, clases de Pila-
tes... –la lista estaba bien pensada. Suya había sido la
idea de convertir el gimnasio inicial en un exclusivo
club de fitness con fisioterapia, masajes, tratamientos
de belleza y ofertas termales.

Cuando él había cuestionado el coste, ella se había
reído en su cara.

–¿Quieres que el centro sea el mejor o no?

A pesar de las quejas de su hermano, había aceptado
su propuesta hasta en el último detalle, admirando su
amplitud de miras y su coraje.

El éxito había sido descomunal.

El Ferrara Spa Resort era uno de los principales hoteles de Europa. Atraían a atletas de élite que podían
mantenerse en forma en el lujoso centro, pero también
a otra clientela deseosa de aprovechar lo que ofrecían.
Laurel había elegido y adiestrado al personal, y había
supervisado su labor las primeras semanas para asegurarse de que ofrecían lo mejor de lo mejor.

Cristiano le había ofrecido una fortuna para que siguiera como directora, y ella la había rechazado.

–No trabajo para otra gente –había dicho.

Era la mujer más independiente y autosuficiente que
había conocido nunca. Lo irónico era que la misma cua-
lidad que lo había atraído, era la que había acabado por
separarlos.

Por culpa de él. Por su ceguera y su egoísmo.

Por supuesto, había habido razones para apagar el
teléfono e intentar evitar distracciones. Razones para
elegir quedarse en vez de volver a casa. Pero no había
compartido esas razones en su día, y cualquier explica-
ción que le diera sonaría a excusa. Y la arrogancia e insensibilidad con la que había desechado sus miedos era
inexcusable.

Ningún montón de ladrillos, ningún trozo de terreno valía el precio que ambos habían pagado.

Cristiano, tras violar innumerables normas de tráfico y llegar al aeropuerto en un tiempo récord, abandonó el coche en la puerta de la terminal y fue hacia la zona de Salidas.

No conocía esa parte del aeropuerto y fue como entrar en un infierno de humanidad malhumorada que competía por el poco espacio disponible.

Cristiano miraba a su alrededor, intentando desesperadamente ver a Laurel entre la multitud. Parecía una tarea imposible. Cientos de turistas con la cara quemada por el sol empujaban maletas enormes, los bebés gritaban y los niños protestaban de aburrimiento. Nadie parecía feliz.

Cristiano nunca había tenido razones para ir allí y, preguntándose por qué la gente iba de vacaciones, se alegró de ello. Iba buscar a alguien que pudiera hacer un anuncio por megafonía, cuando vio una cola de caballo castaña en el mostrador del vuelo a Heathrow.

Laurel.

—Prefiero un asiento de pasillo, por favor —Laurel, acalorada, entregó el billete a la mujer. No quería mirar por la ventanilla. Quería leer un libro y sacar a Sicilia de su mente.

Otra mujer habría llorado todo el camino al aeropuerto, pero Laurel estaba en «modo crisis», absorta y concentrada en salir de Sicilia y volver a Londres lo antes posible. No notó la conmoción que se iniciaba a su espalda hasta que vio a un grupo de mujeres boquiabiertas en la fila contigua.

Laurel reconoció su expresión. La había visto miles

de veces en el rostro de las mujeres que veían a Cristiano por primera vez.

Con el corazón desbocado, giró la cabeza y lo vio haciéndose paso entre montones de turistas. Su reacción inicial fue de asombro. Sabía que nunca había estado en esa zona del aeropuerto y se le veía fuera de lugar, como un caballo de pura raza en un campo lleno de burros.

El asombro se transformó en alarma cuando comprendió que la única razón de que estuviera allí era que quería impedir su marcha.

Y ella no quería escuchar ni una palabra suya.

—Vete —le dijo, cuando saltó por encima de unas maletas y llegó a su lado—. No tengo nada que decirte.

—Puede que tú no tengas nada que decirme, pero yo sí tengo mucho que decirte a ti.

—Mi vuelo está embarcando, no tengo tiempo de escuchar.

—Si subes a ese avión, impediré que despegue —sus ojos destellaron, oscuros y peligrosos.

—Entonces subiré a otro —replicó Laurel—. No puedes decir nada que yo quiera escuchar.

—No lo sabrás hasta que no me hayas escuchado —dijo él, sin prestar atención a la audiencia de turistas que, presintiendo un drama, se acercaban.

—Quieres defenderte. Es lo que haces siempre.

—Ni siquiera yo puedo defender lo indefendible —dijo él, tras tomar aire.

Una mujer suspiró con emoción.

—¿Por fin admites que tu comportamiento puede haber sido algo menos que perfecto?

—Mi comportamiento fue abismal.

No fueron sus palabras, aunque raras en él, lo que captó su atención. Fue su apariencia desaliñada lo que le hizo pensar que tal vez realmente hablara llevado por su conciencia, no por su ego.

Siempre había visto a Cristiano inmaculado. Pero en ese momento necesitaba un afeitado y era obvio que había salido de la villa a medio vestir.

–¿No son esos los pantalones de la boda?

–Tenía prisa por venir –su rostro moreno había perdido el color y sus ojos estaban velados por la culpabilidad–. Agarré lo primero que vi.

Ella se preguntó si sabía que llevaba desabrochados la mitad de los botones de la camisa, ofreciendo a las turistas la visión de un pecho muy viril.

–Agradezco el gesto, pero no cambia nada. Vete a casa, Cristiano. No te quiero.

A sus espaldas, una mujer farfulló: «Si ella no lo quiere, me lo quedo yo», pero a Laurel no le interesaban otras opiniones sobre ese hombre.

–Dame la oportunidad de pedirte disculpas de forma adecuada –su mirada era febril, desesperada.

–¡Sí, una oportunidad! –coreó la audiencia.

–Si un hombre quiere pedir perdón, permítelo. Es insólito –le dijo una mujer–. Deja que hable.

–Se le da bien hablar –alegó Laurel. Ellas veían un hombre guapo y rico, pero Laurel no se fiaba.

–Tienes suerte. Mi esposo no sabe hilar una frase que no incluya «cerveza» y «fútbol».

–Diga lo que diga, no será verdad –dijo Laurel.

–¡Sí lo será! –interrumpió Cristiano, ofreciendo una sonrisa deslumbrante a la mujer–. Gracias por su consejo. Espero que su estancia en Sicilia haya sido espectacular.

–Sí que lo ha sido, muchas gracias.

–Señora, su tarjeta de embarque –la chica del mostrador ofreció a Laurel el pasaporte y la tarjeta, pero fue Cristiano quien agarró los documentos.

–Aquí molestamos. Deberíamos mantener esta conversación en otro sitio.

–No estamos conversando.

–De acuerdo, lo haré aquí si te empeñas.

–¿Hacer qué?

Tras un leve titubeo, Cristiano la atrajo hacia sí y la besó. Un beso cargado de desesperación, que tenía el propósito de disuadirla. Laurel oyó un suspiro colectivo pero, resuelta, ignoró la llamarada de calor y se apartó de él.

–Eso no es una disculpa.

–Lo sé –su voz sonó ronca–. Pero antes tenía que captar tu atención y no conozco otra forma de hacerlo. El cerebro no me funciona.

Y había captado su atención, por supuesto.

–*Mi dispiace,* lo siento –murmuró contra su boca, cargando las palabras de intimidad y sentimiento–. Siento lo de nuestro bebé. Siento el miedo que pasaste. Sobre todo siento no haber estado allí contigo. Tengo tanto por lo que pedirte perdón que no sé por dónde empezar.

–Es demasiado tarde –de repente, las lágrimas empezaron a quemarle los ojos.

–*Ti amo.* Te quiero, Laurel –tomó su rostro entre las manos y capturó su mirada–. Entiendo que puedas no creerlo ahora, pero sí te quiero.

–No digas eso.

–Lo digo porque es verdad, aunque admito que no he sabido demostrártelo. Soy desconsiderado y torpe, pero te quiero. Te amo tanto que no sé vivir sin ti. Soy demasiado egoísta para dejarte marchar.

Ella, desconcertada, tuvo que apoyar las manos en su pecho para mantener el equilibrio.

–Te apañarás perfectamente. Siempre lo haces.

–No es verdad. Estos últimos dos años he ocupado

cada hora de trabajo para intentar olvidar que no estabas.

–Cuando estaba, solo me veías por la noche.

–Vuelve conmigo y eso cambiará –afirmó él–. Yo cambiaré.

–No puedes cambiar, Cristiano. Estarás hablando conmigo, sonará el teléfono y pasaré al final de tu lista de prioridades.

–Nunca más –aseguró él–. Eres la primera de la lista y seguirás siéndolo. He aprendido la lección.

–Eres incapaz de cambiar.

–Permíteme demostrar que te equivocas.

Nunca había habido un silencio igual en la terminal de salidas. Se había extendido el rumor sobre el dramático encuentro en el mostrador de embarque hacia Heathrow, y casi todos los pasajeros escuchaban embobados, agradeciendo la distracción. Esperaban la respuesta de Laurel.

–La gente no cambia de la noche a la mañana. Eres muy competitivo, estás programado para triunfar en todo, Cristiano. Solo estás aquí luchando por mí porque me has perdido.

–No puedo perderte –palideció del todo–. Me comporté fatal, eso es verdad, pero dame la oportunidad de compensarte por ello.

–Puedes compensarme dejándome subir a ese avión –desesperada, pensó que tenía que huir antes de que la convenciera con su labia–. Gracias por la disculpa. Si realmente lo sientes, lo mejor que puedes hacer es irte y dejar que siga con mi vida.

Lo malo era que él no estaba haciendo uso de su labia. Tartamudeaba como un adolescente en su primera cita y eso la estaba afectando más que cualquier grado de sofisticación.

–Te he traído un regalo –él sacó una caja plana y rectangular, forrada de terciopelo, del bolsillo.

Laurel se relajó al verla. Un collar de diamantes. Eso al menos era predecible. Tenía uno por cada discusión que habían tenido en su vida.

–Adiós, Cristiano.

–¡No! –abrió la caja y ella se quedó muda al ver que dentro había una vieja llave oxidada.

–¿Qué diablos es eso?

–Algo que te compré hace dos años –se oyó el anuncio de un vuelo y su expresión pasó de desesperada a tozuda–. Me gustaría que vieras lo que abre antes de decidir que no tenemos futuro.

No era un collar de diamantes.

Laurel agarró la llave. Era grande y pesada. Parecía la llave de una verja, pero no tenía ni idea de qué verja ni de adónde llevaba.

–Dices que pensaba en el trabajo todo el tiempo, y nunca en ti, pero si vienes conmigo te demostraré que no era cierto. Entiendo que no puedas volver a confiar en mí, así de repente, pero ¿podrías quedarte en Sicilia unas semanas para que te enseñe algo?

A pesar de sus reservas, la llave la fascinaba y eso debilitó su resolución. Cansada de la audiencia y de interpretar el papel principal en un drama que ella no había escrito, Laurel lo miró.

–No prometo quedarme semanas. Pero me quedaré el tiempo suficiente para que me enseñes qué abre esta llave. Entonces decidiré.

Sus palabras fueron recibidas por murmullos de aprobación de la gente. Laurel se sintió atrapada.

–No te hagas ideas. No es para siempre. Es...

–Para salir de este infierno –farfulló él por lo bajo, con una sonrisa de agradecimiento. Agarró su maleta y la fascinada multitud se separó para abrirles paso. Mientras iban hacia la puerta, empezaron a oírse aplausos a su espalda.

–¿Te aplauden a ti o a mí? –preguntó Cristiano, poniendo los ojos en blanco.

–Probablemente aplauden tus pectorales. Llevas exhibiéndolos diez minutos.

Él bajó la vista hacia la camisa abierta, pero abotonarla habría implicado soltar la mano de ella o la maleta y no quería hacer ni una cosa ni la otra.

–Tengo una excelente entrenadora personal.

–¿Qué ha pasado ahí? –preguntó Laurel atónita, al ver el deportivo ante el edificio, aparcado en un ángulo de lo más extraño.

–Puede que me fallara la concentración.

–Eso parece –lo observó meter la maleta en el maletero. La llave le pesaba en la mano–. ¿Vamos a volver a la villa?

Temía haber tomado la decisión equivocada. ¿Cómo podía cambiar su relación una llave oxidada? ¿Habría sido mejor subir a ese avión?

–Si volvemos a la villa, mi bienintencionada familia se echará sobre nosotros. El resto de nuestra conversación tendrá lugar sin audiencia.

–¿Adónde vamos?

–Es una sorpresa.

–No me gustan las sorpresas –Laurel subió al coche–. ¿No crees que sería mejor ir antes a casa y cambiarte? ¿Hacer algo de equipaje?

–No.

–Llevas medio esmoquin. Estás ridículo –pero lo cierto era que estaba increíblemente sexy. Incluso medio vestido había captado la atención de todas las mujeres del aeropuerto. Era injusto.

–¿Te importa lo que lleve puesto? –preguntó él, arrancando el coche y mirándola a los ojos.

Incluso allí, rodeados de coches, la química entre ellos era innegable. Ella sintió la electricidad del ambiente. Miró su pecho y luego sus ojos.

–No creas que el sexo va a librarte de esta.

–No lo creo –no sonrió ni flirteó. Durante un momento, ella pensó que iba a decir algo, pero entonces sonó el teléfono. En el peor momento.

Tensa como la cuerda de un violín, esperó a que él contestara. Él llevó la mano al bolsillo automáticamente, pero luego se detuvo.

–Contesta –Laurel suspiró–. Tu imperio podría estar desmoronándose.

–Que se desmorone –en vez de poner la mano sobre el volante, la cerró sobre la de ella–. Sé que no me crees capaz de hacer esto, pero puedo. Quiero hacerlo. Voy a demostrarte que nuestro matrimonio me importa más que nada.

En vez de tranquilizarla, sus palabras incrementaron su tensión. Sabía que aunque consiguieran dejar el pasado atrás, un futuro era imposible. No era la misma. Todo había cambiado.

Todo menos la peligrosa química que siseaba entre ellos como una corriente eléctrica.

Había salido de la villa absolutamente segura de lo que quería hacer. Y había seguido estándolo cuando él llegó al aeropuerto. Cuando le dio la caja había pensado: «Una vez más, va a intentar sobornarme con un regalo caro».

Los bienes materiales no la interesaban demasiado, sobre todo porque sabía que para él era fácil obtenerlos. Pero la vieja llave oxidada le había picado la curiosidad. Era algo diferente.

Cristiano parecía un hombre diferente, y mucho más peligroso porque no sabía cómo manejarlo. Al de antes sí: si atacaba, ella devolvía el ataque; si era arrogante y controlador, se enfrentaba a él. Pero el nuevo Cristiano, humilde, penitente y arrepentido, era alguien desconocido para ella.

Confusa, desvió la mirada. Era muy injusto que la sombra de barba y el leve desaliño le dieran un aspecto aún más espectacular.

–No asumas que mi presencia en este coche implica que te he perdonado.

–No espero que me perdones tan fácilmente.

–Dime qué abre la llave.

–Si te lo digo, no tendrás una razón para acompañarme –esbozó una leve sonrisa–. Cuento con que tu curiosidad me dé la oportunidad de demostrar cuánto te quiero.

Decía «te quiero» con naturalidad. Siempre lo había hecho. Ella había tenido que esforzarse durante meses para poder decirle que le quería.

Él no tenía esas barreras de expresión, pero ella no había visto ese amor en sus acciones.

–Me prometí que no haría esto. Me prometí que daría igual lo que dijeras o hicieras, en ningún caso iba a cambiar de opinión –dijo Laurel, mirando la llave que tenía sobre el regazo.

Había querido protegerse del dolor y, sin embargo, allí estaba: en su coche y en su vida, rodeada de cuero caro y olor a lujo, exponiéndose al peligro de la incendiaria química que tanto se había esforzado por olvidar.

Habría ayudado que le soltara la mano, pero él seguía agarrando sus dedos, consciente del efecto que el contacto tenía en ella y explotando su ventaja con toda desvergüenza.

–Dame una razón para hacer esto.

–Me merezco otra oportunidad –dijo él–. Lo que tenemos es especial y hay que luchar por ello.

Ella se preguntó si lo era en realidad.

Por fin él le soltó la mano para ponerla en el volante e intentar sortear el tráfico de la ajetreada carretera del aeropuerto.

Fuera o no buena idea, ya era tarde para cambiar de opinión. Él, viendo un hueco en el tráfico, pisó el acelerador y dejó atrás el aeropuerto.

Capítulo 7

CRISTIANO condujo rápido, sorteando el tráfico hasta que la carretera se despejó. Entonces pisó el acelerador a fondo. Laurel sonrió al sentir el estallido de velocidad y fuerza, porque le gustaba la sensación tanto como a él.

O tal vez fuera porque la capota estaba bajada y el sol caía sobre ellos, haciendo que hasta lo imposible pareciera posible.

Todo seguía allí, por supuesto, las dudas, la preocupación y esa otra emoción de la que él no sabía nada. Pero con la brisa agitando su cabello y el sol en la cara, podía olvidarlo todo un momento.

No lo habría admitido ni en un millón de años, pero adoraba verlo conducir. Adoraba la confianza con la que manejaba el coche, el sutil movimiento de sus dedos al cambiar de marcha, la tensión del poderoso músculo del muslo cuando pisaba el acelerador. Cristiano hacía que conducir fuera sexy. Para ella, todo lo que hacía era sexy, y esa incurable atracción había provocado su caída.

—¿Y los guardaespaldas? —Laurel miró hacia atrás por encima del hombro.

—Es posible que los haya perdido cuando salí de la villa. Tenía prisa —su sonrisa era dulce y devastadora a un tiempo—. No te preocupes. Yo puedo protegerte y, además, hay equipo de seguridad en el lugar al que vamos.

–Ah –Laurel había tenido la esperanza de ir a un lugar discreto y privado, pero controló su decepción–. ¿Adónde vamos?

–Es una sorpresa. Pero puedes confiar en que tu felicidad encabeza mi lista de prioridades.

Ella podría haber dicho que no había sido el caso en el pasado, pero se mordió la lengua.

–¿He estado allí antes?

–No exactamente.

Resignándose al hecho de que no iba a darle pistas, recostó la cabeza y contempló el paisaje.

–Vamos hacia el monte Etna. ¿Vas a tirarme al cráter de un volcán en activo y acabar conmigo?

–Es una idea tentadora –curvó los labios–. Y sí, vamos en dirección hacia el Etna.

–Siempre me ha encantado esta parte de Sicilia.

–Lo sé –Cristiano dejó la autopista y tomó una sinuosa carretera ascendente.

–¿Taormina? –a ella le dio un bote el corazón al comprender adónde iban–. ¿Me llevas a Taormina? Habían pasado allí parte de su luna de miel y ella se había enamorado del lugar. Era una atracción turística, pero con razón.

El pueblo medieval, colgado de un acantilado sobre el multicolor mar Mediterráneo, llevaba siglos inspirando a poetas y artistas de todo tipo.

–¿Vamos al mismo hotel? –preguntó Laurel. Su sonrisa se desvaneció ante la idea.

–No. Me gustaría que confiaras en mí.

–Estoy intentándolo.

–Inténtalo con más ganas.

Ella contuvo el aliento mientras negociaban la estrecha carretera, uno de cuyos lados caía en picado hasta el mar. Estaban en la Sicilia más espectacular, donde montañas y mar se unían en dramática perfección. Allí, en la ladera, estaban las ruinas del Teatro Greco, uno de los yacimientos arqueológicos más famosos de Sicilia.

Taormina quedó atrás y él siguió conduciendo. Laurel intentaba contener la decepción de saber que ese no era su destino, cuando él detuvo el coche ante unas enormes verjas de hierro. Estaban rodeados de cipreses, olivos y pinos. El aroma inconfundible de naranjos y limoneros perfumaba el aire. Ella cerró los ojos e inspiró profundamente.

–¿Tienes esa llave?

Laurel abrió los ojos, miró las verjas y después la llave que había sobre su regazo.

–¿Esta llave abre esas puertas?

–Pruébala y verás.

Ella bajó del coche. Los vaqueros que se había puesto para volver a Londres eran demasiado calurosos para ese clima; deseó ponerse algo más fresco. Sin el movimiento del coche, el aire quemaba la piel y el suelo estaba seco y agrietado.

A pesar del óxido, la llave entró perfectamente en la cerradura. Sin embargo, antes de que la girara, las verjas empezaron a abrirse.

–Admito que he añadido algunas comodidades modernas –confesó Cristiano, con una sonrisa–. La llave es más simbólica que esencial. Sube al coche, hace demasiado calor para andar.

–¿Andar adónde? –preguntó Laurel. Pero volvió a subir al coche. Vio que sobre las verjas había cámaras de seguridad.

Tomaron un camino irregular y polvoriento, bordeado por olivos y almendros centenarios. Las mimosas y jazmines perfumaban el aire y el sol brillaba con fuerza. Laurel miró a Cristiano intrigada, pero él estaba concentrado en el camino, sorteando los baches.

–Como ves, hay trabajo por hacer –Cristiano siguió hasta aparcar en un patio sombreado.

–¿Es un castillo? –Laurel miró boquiabierta el magnífico edificio de color miel.

–Bienvenida al Castello di Vicario. La parte este se construyó como monasterio en el siglo XII, pero un ambicioso príncipe siciliano echó a los monjes y lo amplió para alojar a sus amantes –Cristiano se recostó y miró el edificio con satisfacción. Una profusión de coloridas flores mediterráneas trepaba por las paredes de piedra y caía en cascada de los balcones–. Por sus vistas y su aislamiento, ha sido utilizado por artistas y escritores de toda Europa.

–¿De quién es ahora?

–Nuestro –tras esa sencilla respuesta, Cristiano bajó del coche y saludó a los dos doberman que aparecieron corriendo de repente.

Laurel gimió al ver a los perros, y comprendió el comentario que había hecho sobre la seguridad. Saltó del coche, se arrodilló en el suelo y abrazó a los perros, riendo y llorando mientras la lamían y saludaban con el mismo entusiasmo que ella demostraba. Segundos después estaba cubierta de polvo y huellas de patas, pero no le importaba.

Al principio de casarse ella había odiado el nivel de seguridad que él insistía en tener, pero había estado dispuesta a aceptar a los perros. Con su humor habitual, Cristiano les había llamado Rambo y Terminator, y la habían acompañado a todas partes. Dejar a los perros era otra de las cosas que le había roto el corazón al marcharse de la isla.

–¿Por qué no me habías preguntado por ellos? –preguntó Cristiano observándolos divertido.

–No me atrevía. Los echaba tanto de menos... –abrazó a Rambo, que gemía de placer al verla, y apretó el rostro contra su piel negra–. No habría podido soportar oír que los habías vendido o algo así.

–Nunca los habría vendido –dijo él, observándola con una expresión extraña.

–No, supongo que no –acarició a Terminator, que ladraba con alegría–. Son demasiado valiosos.

–Esa no es la razón –con mirada enigmática, señaló la puerta–. ¿Te interesa ver tu casa?

–¿Casa?

–¿Ahora vives aquí? –Laurel se puso en pie lentamente. El asunto era muy significativo. Taormina era su sitio. Era donde habían compartido el primer beso. Donde él le había dicho por primera vez que la amaba.

Las mejores partes de su relación habían tenido lugar en ese exquisito rincón de la isla. Habían paseado de la mano por las floridas calles, cenado tranquilamente en alguna de las muchas e íntimas plazas. Pero no habían estado en ningún sitio tan perfecto, privado y exclusivo como ese castillo. Tan romántico.

–¿Cuándo lo compraste?

–Lo compré cuando estábamos casados, pero necesitaba mucho trabajo. Iba a ser una sorpresa.

–¿Cuando estábamos casados? –a Laurel le dio un vuelco el corazón.

–Era un regalo para ti. Desde que vi cuánto te gustaba esto, busqué una propiedad. Tardé dieciocho meses en persuadir a los dueños para que vendieran. Otros seis meses en hacer las reformas necesarias –inspiró con fuerza–. Y entonces te fuiste –la emoción de su voz hizo que a ella se le cerrara la garganta.

Cuando él le ofreció la mano, ella titubeó. Aceptarla voluntariamente le parecía un gran paso y no estaba segura de querer darlo. Tras un instante de indecisión puso la mano en la de él, y le oyó soltar el aire lentamente.

Él apretó su mano y la condujo a una terraza con vistas al mar.

—¿Qué te parece? ¿Tiene tu aprobación?

Laurel miró el *castello* y se sintió abrumada por su belleza. La enorme riqueza de Cristiano siempre había sido parte de él, pero a ella nunca le había interesado. Siempre había creído que su riqueza no podía comprar nada que la emocionara.

Hasta ese momento.

Se dio la vuelta y descubrió que la terraza ofrecía una panorámica de ciento ochenta grados, que incluía la cima nevada del Etna y el bello mar esmeralda de la bahía de Naxos. En la terraza misma, a unos metros de sus pies, una serie de piscinas cortaban la ladera, cayendo una sobre la otra; el rumor del agua era tranquilizador.

—Creo que tienes delirios de grandeza —dijo.

Él, riendo, la rodeó con los brazos en un gesto posesivo, sin darle oportunidad a rechazarlo.

—Las piscinas son una maravilla, ¿no crees? Siempre te encantó nadar, así que pedí al arquitecto que aprovechara el desnivel para crear algo especial. Me pareció buena idea, pero admito que el resultado superó mis expectativas.

—¿Nos imaginaste viviendo aquí?

—Sí, durante un tiempo al menos. A D.H. Lawrence y Truman Capote les pareció bien, así que debe de tener algo especial.

Sí era especial. En todos los sentidos. Pero lo más especial era que lo había hecho por ella.

Y eso mientras ambos trabajaban innumerables horas al día. Ella lo había acusado de ser un adicto al trabajo, y acababa de descubrir que había dedicado al menos parte del día a arreglar un edificio que había elegido con ella en mente.

Un sitio de ellos dos.

La impresión que tenía de él se transformó. Confusa y odiando la sensación, se apartó de él.

—¿Que está pasando por esa cabecita tuya? Dime qué piensas —dijo él, tras soltar un suspiro.

Laurel pensaba que esa casa, en el lugar que ella más amaba del mundo, era un gesto enorme, y muy significativo. Era una casa para la familia que él se imaginaba teniendo. Formaba parte de su plan maestro. Al mirar los olivares se imaginó a dos pequeñas versiones de Cristiano jugando a la sombra y chapoteando en las piscinas.

Tal vez sí la había amado a su manera. Viendo lo que había creado allí, casi podía creerlo. Y eso agudizaba su dolorosa sensación de pérdida.

Comieron en una zona sombreada de la terraza, rodeados de jardines y fragantes naranjales.

Laurel, pálida y cansada, picoteó pescado con limón y hierbas del jardín. Los perros, tendidos a sus pies, jadeaban por el calor y la miraban con adoración, negándose a alejarse de ella.

Cristiano, mientras esperaba a que le hablara, pensó que él no era muy distinto de los perros.

Sabía lo que ella tenía en mente, no hacía falta ser un genio para adivinarlo. Podría haber sacado el tema, pero que quería ver si lo hacía por sí misma.

—¿Dónde has vivido estos dos últimos años? —le preguntó, esperando que charlar sobre un tema neutral aliviara la tensión del ambiente.

–En Londres.

–No has tocado un penique de tu asignación.

–No estaba contigo por el dinero, Cristiano.

–Yo te habría mantenido económicamente. Me comprometí a hacerlo cuando nos casamos.

–Estás rodeado de gente a la que solo interesas por lo que puedes dar, ¿y te quejas porque yo no quería eso?

–Yo quería mantenerte –afirmó él. Era cierto, y lo sorprendía porque siempre se había considerado progresista para ser un hombre siciliano

–Ah –ella lo miró–. El Proveedor.

El pasado se interponía entre ellos. Él sabía que aunque había cubierto sus necesidades materiales, había fallado vergonzosamente la única vez que le había pedido ayuda. De repente, comprendió que existía otra razón para que su insensibilidad le hubiera hecho tanto daño: había reabierto una herida que no había terminado de cicatrizar.

Sabía que su infancia había sido difícil, pero ella le había dado pocos detalles y no había querido presionar. Pero, de repente, quería saber quién o qué había causado la herida original.

El timbre agudo de su teléfono rasgó el silencio. Cristiano, programado para contestar, llevaba la mano al bolsillo cuando recordó su promesa. Su mano se detuvo en el aire. El teléfono siguió sonando y Laurel arqueó una ceja.

–¿Vas a contestar la llamada?

–No –requirió un gran esfuerzo de voluntad no sacar el teléfono, las manos le sudaban y sus dedos anhelaban contestar, pero lo consiguió.

–La próxima vez, contesta –dijo ella, cuando por fin dejó de sonar–. Sabes que quieres hacerlo.

Una parte de él quería hacerlo, pero era una respuesta condicionada por haber antepuesto el trabajo a todo durante muchos años.

Ella lo había llamado «El Proveedor» y era una buena descripción. Había asumido ese papel el día que su padre falleció de repente y su madre lo telefoneó. Había regresado de Estados Unidos para encargarse de todo. Esa función ya no era necesaria, pero se había convertido en una forma de vida que nunca había cuestionado antes.

Pero a partir de ese momento, la posibilidad de cerrar un trato, ampliar el negocio u obtener más beneficios ocuparía un segundo lugar ante su necesidad de conseguir que su matrimonio funcionara. Por primera vez en su vida le daba igual quién llamara, no quería oír el buzón de voz, no le importaba que su empresa se hundiera.

El teléfono volvió a sonar, ahuyentando a los pájaros. Los ojos verdes de Laurel lo observaban.

—Contesta. Así podrás dejar de preguntarte quién es y cuánto dinero estás perdiendo.

—Eso no es lo que me estoy preguntando.

Se preguntaba cómo iba a compensar a Laurel por lo que le había hecho. Cómo iba a demostrarle que la amaba. Los remordimientos lo asolaban.

—¿Le has dicho a alguien adónde ibas? —sonó exasperada—. Seguramente están organizando una partida de búsqueda mientras hablamos.

—No, la verdad es que no.

—¿Y no habrán dado una alerta de seguridad?

—Es muy posible —al recordar los rostros de su equipo de seguridad, inspiró con fuerza, frustrado por la realidad de su vida—. Tal vez debería...

—Sí. ¡Hazlo! —llevó la mano a su vaso—. No espero que no trabajes, Cristiano. Yo pienso leer mi correo electrónico después. Respeto tu empuje y ambición. Yo también tengo ambas cosas. Eso no es problema. Eso no fue el problema –el cambio de tiempo verbal los devolvió al corazón del asunto, donde había residido el problema real.

Ella tomó un sorbo agua.

Él pensó que le había fallado cuando más lo necesitaba. No podía dejar de imaginársela sola en una cama de hospital.

–Si te sirve de consuelo, me siento como un bastardo por lo que te hice.

–Bien. Deberías sentirte mal –dejó el vaso en la mesa–. Fuiste desconsiderado e insensible.

–No vas a decir: «¿No te preocupes por eso?».

–No. Debes preocuparte. Fue un comportamiento terrible. Si eso no te preocupara, no estaría aquí sentada en este momento.

Cristiano se preguntó si era él quien ardía o si Sicilia estaba en plena ola de calor. Le sudaban las palmas de las manos, y notaba ardor hasta en el cerebro. Cuando el teléfono sonó por tercera vez, lo sacó y miró la pantalla, pensando que una conversación lo liberaría de otras interrupciones.

–Cinco minutos –afirmó–. Es Santo. Le diré que está al mando. Luego lo apagaré.

–¿Qué le ha pasado al teléfono?

–Un accidente. Se cayó del bolsillo cuando recogía la ropa para correr a buscarte.

–Ah. Sí que has tenido una mañana estresante.

–Las he tenido mejores –dijo él con ironía.

–Y si el avión hubiera despegado antes de que llegaras, ¿qué habría ocurrido?

–Habría tenido que ir a Londres –murmuró él–. Dicen que allí está siendo un verano muy húmedo. Por suerte, ambos nos hemos librado de eso.

–Esto es temporal, Cristiano. No he accedido a nada –miró el teléfono que vibraba en su mano–. Necesitas un teléfono nuevo, ese se va a partir.

–El estado de mi teléfono es lo que menos me preocupa ahora mismo –lo preocupaba el estado de su matrimonio. Su reto era descubrir la manera de recuperar la confianza de Laurel.

–Contesta, antes de que Santo decida que te he asesinado y enterrado el cuerpo.

–No tardaré... Cristiano se levantó y cambió al italiano. Le hizo a su hermano un resumen de lo ocurrido en las últimas horas. Cuando colgó, Laurel lo miraba fijamente.

–Supongo que quería saber si ya te habías librado de mí.

–Sabe que sigo enamorado de ti –declaró él.

–Dudo que eso le haya sentado bien.

–No necesito el permiso de mi hermano para sentir lo que siento.

–Me odia, Cristiano. Ayer vi su expresión. Y tu madre también me miró con reproche. Soy la nuera malvada –con ojos cansados, apartó la silla y se puso en pie–. No puedes simular que no importa. Ni golpear a todo el que diga cosas malas de mí. Este lugar es precioso, pero no cambia el hecho de que somos un desastre. Nada puede cambiarlo –se dio la vuelta y fue hacia la piscina.

Cristiano sabiendo que había más que decir, la siguió y puso las manos sobre sus hombros.

–Un desastre siempre se puede arreglar. Y nos concierne solo a nosotros. Quiero que te relajes. Esos últimos días han sido horrendos para ti.

La recordó bajando del avión, valiente y dispuesta a enfrentarse a un infierno para estar con su mejor amiga.

Y él, en vez de admirar su coraje, había cuestionado su lealtad.

—Deja de pensar y preocuparte y disfruta de tu lugar favorito en la tierra. Esta tarde te llevaré a un restaurante que he descubierto en la playa. Solo van lugareños, no hay turistas —Cristiano se juró que iban a pasar tiempo juntos.

—No tengo nada que ponerme.

Esa respuesta tan femenina relajó la tensión de sus músculos. Si la ropa era su mayor objeción, habían progresado bastante.

—Tiene fácil arreglo. Hay ropa en el vestidor.

—¿Hay ropa de mujer en tu dormitorio? —los bellos ojos se estrecharon y enfriaron.

—Nuestro dormitorio —corrigió él, disfrutando de esa muestra de celos—. La compré para ti. Era parte de la sorpresa. El día después de saber que estabas embarazada, fuiste a Londres por negocios y yo ultimé los preparativos. Cuando aterrizaras en Sicilia iba a traerte directamente aquí.

—Pero volaste al Caribe y ni siquiera nos vimos.

—Sí —otra cosa de la que arrepentirse que podía añadir a las que ya anegaban su cerebro.

—Solo te vi una vez más, cuando hacía la maleta para irme de Sicilia —hizo una pausa—. Esperaba que me siguieras. No era lo que quería, pero lo esperaba. ¿Por qué no lo hiciste?

Él se lo había preguntado un millón de veces.

—Me cegaba el creerte injusta por renunciar así a nuestro matrimonio. Cometí muchos errores. Dame la oportunidad de compensarte.

—¿Podemos dar un paseo por el pueblo? —sugirió ella tras un largo silencio—. Siempre me encantaron las tiendas y el ambiente.

–Es mediodía, tesoro. Te asarás de calor y los turistas te aplastarán –dijo él. El alivio de que no le hubiera exigido llevarla al aeropuerto era inmenso.

–Seguro que hay algún sombrero en ese vestidor, y entre los dos apartaremos a los turistas. Por favor. Quiero hacer algo normal.

–Querer andar por Corso Umberto bajo el calor del sol no tiene nada de normal –alegó él. «Sobre todo cuando quiero llevarte a la cama, desnudarte y explorar cada centímetro de tu cuerpo».

Pero esa parte de su relación siempre había sido fácil. Lo que se había jurado arreglar era el resto.

Pasearon por el pueblo medieval, explorando el entramado de estrechas calles y callejones. Seguramente parecían un par de amantes de vacaciones, pero Laurel era consciente de que a él no lo motivaba el entorno romántico, sino el genuino deseo de salvar el abismo que los separaba. Ella no sabía si era posible.

Había requerido un enorme salto de fe de su parte confiar en él, y la había dejado caer. No sabía si estaba lista para arriesgarse otra vez.

Le llamó la atención el biquini de un escaparate y entró a probárselo. Mientras se miraba en el espejo, se dio cuenta de que hacía mucho que no disfrutaba de vacaciones. Desde su luna de miel. Sería una delicia pasar tiempo junto a la piscina leyendo un libro. Si conseguía relajarse lo bastante.

No sabía qué hacían allí. Si eran unas vacaciones, una reconciliación o una prueba amor. No sabía si era posible arreglar lo que había ido mal entre ellos, pero sí sabía que no era la misma chica con la que él se había casado y cabía la posibilidad de que no le interesara.

Entregó el biquini a la dependienta y Cristiano insistió en pagarlo. Lo permitió porque sabía que le gustaba hacerle regalos. La dependienta aceptó su tarjeta de crédito y se ruborizó intensamente.

Incluso con ropa informal tenía ese efecto en las mujeres. Y la mayor parte del tiempo ni se daba cuenta. O tal vez ya ni se fijaba.

—Esa chica estaba dispuesta a casarse contigo y tener tus bebés —dijo Laurel cuando salieron de la tienda y vio que la chica la miraba con envidia.

—¿Qué chica? —preguntó Cristiano.

—La de la tienda.

—Ya estoy casado. Y voy a seguir estándolo.

No comentó el resto de la frase y Laurel se preguntó por qué lo había dicho. Intentar una reconciliación no tenía sentido; aunque arreglaran parte del asunto, otra parte no tenía solución.

Cristiano vio su expresión desolada y se hizo cargo de la situación. Apretó su mano y la llevó a una calle lateral, en sombra y relativamente vacía.

—Basta —la acorraló contra la pared—. Desde que me contaste lo que ocurrió, he estado esperando que sacaras el tema que te preocupa, pero no lo has hecho. He tenido que verte picotear la comida, cada vez más pálida mientras tu mente busca razones que justifiquen nuestra separación.

—No sé de qué hablas.

—Hablo de bebés. Estás pensando: «No tiene sentido arreglar esto porque no puedo tener hijos, y él no me querrá si no puedo tener hijos».

Era parte de la verdad y Laurel sintió que las lágrimas le quemaban los ojos, porque la verdad era más complicada que esa. Él no tenía ni idea. Alarmada por su reacción emocional, parpadeó. Estaba cansada. Muy cansada.

—¿Ahora lees la mente?

—¿Estás diciendo que me equivoco?

—No —el problema era que había más. A pesar del calor, sintió un escalofrío—. Es una barrera más entre nosotros, eso es seguro.

—No para mí —la miró con ojos negros e intensos—. Te amo. Tengo que demostrártelo, pero te amo. Y siento no haber estado contigo cuando te dieron la noticia. No puedo ni imaginar lo horrible que debió de ser.

Laurel no le dio ninguna pista. Era demasiado pronto y, además, sabía que sus sentimientos al respecto probablemente lo conmocionarían.

—Tendría que haber estado contigo, apoyándote. No me extraña que me dejaras.

Era la primera vez que admitía que su reacción podía haber estado justificada.

—No lo hice para castigarte. Fue porque decidí que estaba mejor sola. Más segura.

—¿Segura? —él puso las manos en sus hombros.

—Me estaba protegiendo.

—¿De mí? —él arrugó la frente.

—Del dolor. Es instintivo.

—Lo sé. He descubierto eso sobre ti. Pero ojalá me hubieras gritado en vez de irte. Ojalá te hubieras encolerizado y dicho lo que sentías.

—Decírtelo no habría cambiado nada. No me fui porque estuviera enfadada contigo. Me fui porque sabía que no podría volver a confiar en ti. No me atrevía —sintió que él se tensaba antes de atraerla hacia sí. La parte física de su relación siempre había nublado todo lo demás, y estaba volviendo a ocurrir. Supo qué él sentía lo mismo porque cuando habló su voz sonó grave y ronca.

–¿Y ahora? ¿Te atreves a correr ese riesgo?

–No lo sé.

–¿Es porque temes que vuelva a fallarte, o por el tema de los niños?

–Las dos cosas. Tú quieres hijos. Es un hecho. Hablamos de ello a menudo y tu madre me preguntaba a diario cuándo iba darte bebés –Laurel intentó apartarse, pero él volvió a rodearla con sus brazos y apoyó la barbilla en su cabeza.

–*Mi dispiace*, lo siento. Eso fue insensible de su parte, no lo sabía. Hablaré con ella.

–Es lo que quiere para ti –murmuró ella contra su pecho. Los turistas los miraban, sin duda preguntándose qué le decía el espectacular siciliano a la chica morena que tenía en brazos.

–Hablemos del tema de los niños ahora mismo, porque está dominándolo todo. Contéstame con sinceridad... –le apartó el pelo de la cara con gentileza–. Si fuera yo quien no pudiera tener hijos, ¿me habrías dejado?

–¡Claro que no! –era una pregunta razonable pero no la más relevante–. No es lo mismo.

–Es exactamente lo mismo.

–No. Es más complicado que eso. Tal vez sea más fácil para mí porque no crecí soñando con familias e hijos. No tenía esa ambición. Supongo que no creía en finales felices. Pero tú sí.

–No era una ambición. Más bien asumía que sería así. Y si crees que lo que acabas de decir cambiará lo que siento por ti, no tienes ni idea de cuánto te amo –le temblaba la voz–. Lo que significa que aún tengo mucho que probar.

–No pretendo hacerte pasar por el aro, Cristiano... –esa vez consiguió apartarse de él–. Ni siquiera sé si tenemos un futuro juntos. Me estás pidiendo que confíe de nuevo y no sé si puedo hacerlo. Para mí es algo enorme.

—Comparado con perderte, es minúsculo.

Al oírlo, Laurel supo que, independientemente de lo que dijera o hiciera, siempre amaría a ese hombre y la profundidad de ese amor siempre la haría vulnerable.

—El problema no solo eres tú —admitió—. Soy yo. No se me dan bien las relaciones. No estoy segura de poder darte lo que quieres de mí.

—¿Es por lo que te hice hace dos años? ¿O por lo que alguien te hizo años antes? —el tono suave de su voz quitó hierro a las palabras—. Sí, actué mal y tienes derecho a estar enfadada, pero tus problemas de confianza no empezaron conmigo.

Tenía razón, por supuesto. Sus problemas de confianza y dependencia habían empezado años antes de conocerlo. Eran parte de sus cimientos.

—Sé que tu infancia fue un infierno y que aprendiste a no confiar en nadie, pero te digo que puedes confiar en mí. Me equivoqué, pero no fue porque no te quisiera. Estaba loco por ti, adoraba cada centímetro de tu ser. Tomé una decisión errónea, pero la situación era más complicada de lo que tu crees. Ahora, deja de pensar y preocuparte y vamos a casa a estar juntos —entrelazó los dedos, con los de ella y la condujo de vuelta a la calle que conducía a la Piazza Sant Antonio.

—Supongo que «estar juntos» significa sexo.

—No me refería a eso. Esa parte de nuestra relación nunca ha necesitado atención —hizo una pausa para besarla y el roce sensual le recordó lo que habían compartido la noche anterior.

Ella se preguntó si todo habría sido más fácil si la atracción sexual entre ellos no fuera tan intensa.

—No puedo pensar cuando haces eso.

–Bien –miró su boca–. Piensas demasiado.

En ese momento, ella solo podía pensar en el sexo. Y veía en sus ojos pesados que él pensaba en lo mismo. De hecho estuvo segura cuando empezó a moverse y él la detuvo con una mueca.

–No te muevas durante un minuto.

–¿Qué pasará si me muevo? –lo pinchó ella, lamiéndose el labio inferior.

–Seguramente me arrestarán por indecencia. Quédate quieta. Y deja de mirarme así.

Soltó el aire lentamente y se apartó de ella.

–Volvamos a casa rápido. Venga –dijo.

Capítulo 8

LAUREL, desnuda y saciada de sexo, yacía abrazada a Cristiano, contemplando cómo el sol se ponía tras el Etna, tiñendo el cielo de rosa.

—Es como si la isla estuviera ardiendo —dijo. Pensó que era como su relación. Si su amor tuviera color, sería rojo. Rojo por el ardor y la pasión.

—No solo la isla —dijo él, tumbándola de espaldas. Agachó la cabeza y la consumió con la exigencia hambrienta de su beso.

Rojo por el deseo.

Sintió el martilleo de su corazón y cómo su excitación aumentaba cuando la mano de él descendió por su muslo, con un gesto posesivo.

Estar con Cristiano disparaba su adrenalina, era una experiencia de tanta intensidad erótica que sus sentidos no dejaban de zumbar.

—¿De verdad no has tenido aventuras? —se odiaba por preguntarlo, por sonar como una mujer dependiente e insegura, pero una parte de ella no podía dejar de torturarse con esa idea.

—¿Tienes idea de cómo fue mi vida cuando te marchaste? —preguntó él, inmóvil.

—Incómoda. Supongo que mucha gente te dijo que era una mujer sin corazón y que estabas mejor sin mí —el destello que vio en sus ojos le confirmó cuánto se había acercado a la verdad. Eso le dolió.

–Nunca me ha interesado la opinión de otras personas –la tranquilizó él.

–Te imaginaba pasándolo bien con montones de admiradoras.

–Esa imaginación tuya necesita mejorar –introdujo la mano en su pelo, estudiando su rostro–. Desde que te fuiste mi única relación ha sido el trabajo, y algún flirteo con el whisky. Trabajaba dieciocho horas al día con la esperanza de caer en la cama demasiado agotado para pensar en ti.

La ilusionó que la hubiera echado de menos.

–¿Funcionaba? –preguntó ella.

–No. Pero los beneficios de la empresa se han triplicado en dos años –sus ojos chispearon.

–Entonces no tuviste...

–No, ninguna. ¿Y tú?

–No.

–Por lo visto, ni la ira ni el dolor acaban con el amor. Estaba tan enfadado por tu abandono que no profundicé más. Tal vez, si lo hubiera hecho, habríamos llegado antes a este punto.

Comenzó a besarla y acariciarla de nuevo, hasta hacerle olvidar todo excepto la magia que creaban juntos.

«Esto es lo que siempre se nos dio bien», pensó ella después, con la mejilla apoyada en su pecho y el cabello desparramado por la almohada.

Lo que no se les había dado tan bien había sido todo lo demás. Y él no era el único culpable. Ella se había cerrado, había tenido miedo de dejarle entrar en su vida. Ni siquiera se había planteado darle una segunda oportunidad.

Se preguntó si había sido injusta.

Sabía que él estaba esperando que dijera: «Te quiero», pero no podía hacerlo. No estaba lista. El pasado se interponía entre ellos; era un obstáculo para que ella confiara y para que él la entendiera.

–No toda la culpa fue tuya –tenía la mejilla en su hombro y una mano sobre su estómago–. Como espero que la gente me falle, prefiero desconfiar desde el primer momento.

–Sí que te fallé.

–Pero solo te di una oportunidad –pensar que tal vez había sido injusta le quitó el aire.

–Estabas protegiéndote. Eso lo entiendo. Te han fallado en el pasado y yo repetí el patrón.

–Había pasado por eso. Había sentido la emoción, la esperanza, la cálida sensación de pertenencia de cuando crees que alguien te quiere a su lado. Y cuando fue mal, cuando resulté no ser lo que querían que fuera, me dolió tanto que me prometí que no dejaría que volviera a ocurrir.

–¿Estás hablando de un hombre?

–Sabes que fuiste el primer hombre con quien me acosté –dijo ella, sabiendo lo posesivo que era.

–¿Quién entonces? ¿Quién te hizo daño? –su voz sonó áspera–. Cuéntamelo.

–Cuando era pequeña casi me adoptaron.

–¿Casi? –se sorprendió Cristiano.

–Cuando estaba en el orfanato, una pareja vino a verme varias veces. Pensaban que podía ser «la suya». Querían una bebé, pero no había, y yo por lo menos era niña. Llevaban diez años intentando tener hijos. Habían gastado una fortuna en tratamientos de fertilidad y cuando se decidieron por la adopción eran demasiado mayores para recibir un bebé. Ya tenían preparada una habitación, pintada de color rosa y llena de lucecitas. Necesitaban una niña que encajara con la habitación y con sus sueños. Yo no era rubia y de ojos azules, pero decidieron llevarme a su casa a pasar el fin de semana –el recuerdo dolía, incluso después de tantos años. Recordaba el perfume de la mujer y su ropa perfecta–. El rosa no me gustó demasiado, pero los libros sí. Tendrías que haber visto los libros –recordaba perfectamente las hileras de libros, de lomos de colores–. Libros infantiles, cuentos de hadas, de todo. Yo no había tenido un libro en toda mi vida, y a esa pareja le encantaba leer. Él era profesor de inglés y ella florista. Había libros y flores por toda la casa. Y me habían elegido a mí, estaba muy emocionada.

–¿Te fuiste a vivir con ellos?

–No. Esa primera noche estaba tan estresada por la novedad de estar en un sitio nuevo con gente desconocida que no podía respirar. Tuve un ataque de asma. Pasamos la noche en urgencias y después de eso... –hizo una pausa–, decidieron que preferían no tener hijos a tenerme a mí. No querían una criatura enferma, viajes a urgencias, preocupaciones y ansiedad. Querían una niña que encajase en esa habitación: rizos rubios, vestidos color rosa y pura perfección. Y esa no era yo; una pena, porque me había enamorado de esa habitación llena de libros. Me encantaba la idea de poder cerrar la puerta y quedarme dentro, simulando que era una biblioteca. Iba a leer cada libro y sería una gran aventura –consciente de que había revelado más de lo que esperaba, aligeró el tono de voz–. Ahora ya lo sabes: soy un desastre porque no tuve libros –tampoco había tenido familia, pero eso no lo dijo–. Tal vez, si hubiera leído cuentos de hadas, no sería tan desastre. Mi problema es que no sabría distinguir un final feliz aunque tropezara con él.

Siguió un largo silencio. Cristiano se apoyó en el codo y se irguió para mirarla, incrédulo.

–¿Estás diciendo que cambiaron de opinión?

–Eso sucede. Por eso hacen una prueba. Es importante

que el proceso de adopción sea adecuado para todos. Yo no era adecuada para ellos –pensó que eso ya no debería dolerle tanto–. Fue duro para mí porque era muy pequeña y había confiado en ellos. Cuando me dijeron que iba a ser su niñita, lo creí. Fue una estupidez, porque ya sabía que los adultos no solían hablar en serio.

–¿Y después de eso? –su rostro estaba pálido.

–Después me esforcé en convertirme en una niña inadoptable. Eso era lo mejor para todos.

–Porque no querías arriesgarte a que ocurriera de nuevo –estiró el brazo y le apartó el pelo de la cara con suavidad–. ¿Cuántos años tenías?

–Tenía ocho años. Pero los había pasado en casas de acogida y residencias, así que no era la niña de ocho años típica –sintió que sus brazos la rodeaban y la apretaban contra él.

–¿Por qué no me lo habías contado antes?

–Intento no pensar en ello. Es el pasado. No es relevante –según lo decía, supo que no era verdad.

–Ambos sabemos que es relevante. Y es la razón de que te protejas con tanta fiereza. Explica muchas cosas –la abrazó con fuerza, como si quisiera compensar años de aislamiento y soledad.

–Tienes razón. Aún me afecta y ha conformado lo que soy. Me hizo decidir que dependería solo de mí misma. No tenía amigos íntimos porque no confiaba en nadie lo suficiente para crear vínculos.

–Te hiciste amiga de Dani.

–Técnicamente, ella se hizo amiga mía. Estábamos en la misma residencia universitaria y ella es como tú, tan abierta emocionalmente que no acepta un no por respuesta. Cada vez que cerraba la puerta de mi habitación, ella la abría. Siempre me estaba arrastrando a un evento u otro. No me permitía esconderme y la verdad es que adoraba su compañía. Era la primera amiga auténtica que tenía, y nunca me falló–. Los ojos de Laurel se llenaron de lágrimas–. Cuando te abandoné tendría que haber puesto punto final a nuestra amistad, pero no lo hizo.

–Mi hermana es fantástica, pero no le digas que lo he dicho yo –un deje de humor suavizó el tono de su voz–. No me extraña que te marcharas después de lo que hice. Sé que esto es un lío, pero podemos arreglarlo. Lo arreglaremos.

–¿Y si no podemos? Mi pánico a confiar en la gente afecta a todo lo que hago –se sentía tan bien entre sus brazos que le costaba concentrarse en otra cosa. Sería increíblemente fácil cerrar los ojos y dejar que él decidiera por los dos–. Cuando confías en alguien le otorgas el poder de herirte.

–Te quiero –la tumbó de espaldas y se colocó sobre ella–. Lo estropeé todo, pero vas a perdonarme porque también me quieres. Tus dudas son por miedo, no porque falte el amor.

–Lo sé.

–Y eso puedes superarlo. Eres la mujer más fuerte y dura que conozco. Me cuesta creer que hayas pasado por tanto tú sola. Aquel horrible día, hace dos años, no te escuché con atención –confesó con voz rota–. Me llamaste y dijiste que estabas preocupada, pero el médico ya me había dicho que estarías bien, así que más de la mitad de mi mente estaba centrada en el negocio que quería cerrar, llevaba cinco años trabajando en el trato. Si hubiera sabido cuánto miedo tenías, lo habría dejado todo y vuelto.

–Estaba aterrorizada.

Él dejó escapar un gruñido de remordimiento y giró para ponerse de espaldas, llevándola con él.

–Ojalá pudiera dar marcha atrás al reloj y hacer las cosas de otra manera. No sabes cuánto lo deseo.

–No cambiaría nada. No habrías puesto en peligro ese trato por mí, Cristiano.

–Mi matrimonio era más importante que ningún trato, pero en ese momento no me di cuenta de que tenía que elegir. No entendí lo importante que era para ti mi presencia. Sé que no es excusa, pero el médico me aseguró que todo iría bien.

Ella pensó que tenía unos ojos preciosos. O tal vez lo precioso fueran sus pestañas: espesas y negras, enmarcaban una mirada penetrante, que sabía leerla de maravilla. A diferencia de la mayoría de los hombres, a Cristiano no le costaba expresar sus emociones ni interpretar las de ella. Por eso mismo, no encajaba con su carácter que no hubiera acudido a su lado cuando se lo suplicó.

–¿Por qué era tan importante ese trato?

–Eso ya no importa. No hay excusa para mi comportamiento.

–Háblame del trato, Cristiano.

–No hace falta decir que llegó en el peor momento –suspiró y se mesó el cabello–. Cinco años de trabajo culminaron el día antes de que volvieras de Londres. Había planeado cenar contigo. En vez de eso, tú llegabas y yo me iba.

Ella recordó que él había sonado preocupado por teléfono, apenas había respondido cuando le mencionó que temía que algo fuera mal.

–¿Qué era tan importante de ese trato concreto?

–Ahora ni siquiera lo recuerdo –soltó una risa amarga–. Era otro terreno perfecto para un exclusivo complejo hotelero. Más de lo mismo. Excepto que nunca había cerrado un negocio tan grande. Sabía que la propiedad de esa isla aseguraría el futuro de la empresa y nuestra reputación subiría como la espuma.

–¿La empresa tenía problemas?

—No, pero las empresas que se centran en el turismo no pueden dormirse en los laureles. El mercado es muy volátil. Es una de las razones de que trabajemos el turismo de lujo. Me acusaste de ser adicto al trabajo y tenías razón. Lo soy.

—Supongo que tuviste que convertirte en uno —Laurel recordó lo que había dicho Dani sobre el papel que asumió tras la muerte de su padre—. Quedaste a cargo de todo siendo muy joven.

—¿De todo? —soltó una risa seca—. Si te refieres a la empresa, «todo» se reducía a dos hoteles pequeños que apenas daban beneficios.

—Creí que había sido la empresa de tu padre.

—Lo que existe ahora salió de la empresa de mi padre —miró las puertas abiertas a la terraza y el azul turquesa de la piscina—. Estaba en la universidad, en Estados Unidos, cuando mi padre murió. Mi madre estaba devastada, mi hermano y mi hermana aún estaban en el colegio. Mi padre tenía dos hoteles, que no iban demasiado bien. Yo era el hijo mayor y estaba estudiando Ingeniería Estructural, pero todos dependían de mí, así que me hice cargo de algo sobre lo que no sabía nada.

Ella se preguntó cuánto le había costado renunciar a sus sueños y volver a casa para ocuparse de hacer realidad los de su padre.

—Lo que empezó como necesidad se convirtió en hábito. Al poco tiempo, ni siquiera me preguntaba por qué trabajaba tanto. Era mi forma de vivir. No importaba cuánto dinero ganara o cuánto éxito tuviera la empresa, no podía olvidar que todos dependían de mí. En mi capacidad de dirigir y ampliar la empresa.

Laurel sabía que no solo había mantenido a su madre y hermanos, también daba empleo a muchos otros miembros de su familia, como primos y tíos. Ellos lo habían convertido en «El Proveedor».

—Carlo me aconsejó que renunciara al trato caribeño porque el precio que pedían quitaba viabilidad al negocio. Íbamos a retirarnos cuando hicieron una contraoferta. Teníamos veinticuatro horas para decidirnos. Pensé que el trato garantizaría el futuro de la empresa.

—¿Y seguiste adelante? —nunca le había preguntado si había cerrado el trato o no.

—Sí. Y va muy bien. Mejor de lo que había predicho —volvió la cabeza para mirarla—. Pero Carlo tenía razón, el precio fue demasiado alto.

—Fui egoísta —admitió ella, sabiendo que él no hablaba de coste monetario—. No pensé en tu responsabilidad con respecto a los demás. Pensé solo en mis necesidades.

—Con razón.

—«Solo es un trato más», pensé. Nunca pensé en la presión que sentías ni en la gente que dependía de ti para vivir. Nunca me hablabas de eso.

—No quería hablar de trabajo cuando estaba contigo. Estaba loco por ti. Sigo estándolo —le tembló un poco la voz—. Desde el primer día, cuando te vi en pantalones cortos, gritándole a Santo por correr demasiado lento.

—El día de nuestra boda creí que me amabas. Cuando estaba contigo, te creía. Pero cada vez pasábamos menos tiempo juntos. Para cuando supe que estaba embarazada, apenas nos veíamos. Que no vinieras cuando te lo pedí, fue la última gota. Me pareció la evidencia de que no me querías.

—Yo creí que casarme contigo probaba cuánto te quería. Cometí el pecado de dar demasiado por hecho —se inclinó hacia ella y le dio un beso suave—. Es posible que fuera algo arrogante.

–¿Posible? –sonrió contra sus labios–. ¿Pensabas que ese detalle, casarte conmigo, iba a servirme para toda la vida?

–No era tan malo. Te probaba mi amor a diario. Te enviaba muchos regalos.

–Los enviaba tu secretaria –murmuró Laurel–. ¿Crees que no sabía que le decías: «Envía flores a mi esposa», y ella se ocupaba de todo?

–Yo elegía las joyas.

–De una selección que te enviaban al despacho para reducir la inconveniencia y el impacto que pudiera tener en tu jornada laboral. No digo que no fueras generoso –añadió rápidamente–. Solo digo que esos regalos no hacían que me sintiera segura.

–Tendrían que haberlo hecho. Era su función.

–¿Por qué? No eran personales. Eran regalos genéricos. Seguro que te habían garantizado la gratitud eterna de muchas mujeres en el pasado. A mí solo me recordaban que eras un hombre muy rico, y que había todo un harén esperando una grieta en nuestro matrimonio para aprovecharla.

–Sí había regalado joyas antes. Pero eres la primera y única mujer a la que he amado.

–Y se suponía que yo tenía que saberlo.

–Sí. Pero no sabía cuánto te habían herido. Si me lo hubieras dicho...

–Habría sido aún más vulnerable.

–Si hubiera tenido más idea de lo que había en tu cabeza, tal vez no me hubiera equivocado tanto. Y eso no quiere decir que te culpe de mis fallos.

–Admito que el pasado me ha vuelto cauta y no puedo hacer nada al respecto, pero cuando estuvimos juntos no vi nada que me hiciera pensar que te importaba. Cada vez pasabas más tiempo en el trabajo –encogió las piernas, sintiéndose vulnerable solo por hablar del tema–. Y cuando te pedí ayuda no tuviste tiempo para mí. Eso me convenció de que no me querías. Por eso me fui, Cristiano. No me diste ninguna indicación de que nuestra relación pudiera sobrevivir.

Y una parte de ella, que odiaba, seguía sin permitirle aceptar y creer su declaración de amor. Oír a Cristiano Ferrara decir «te quiero» había sido y era el sueño de muchas mujeres. Sin embargo, para ella no eran más que palabras.

Frustrada, Laurel se levantó, se puso una bata y salió a la terraza. El miedo era como un escalofrío que recorría su piel ardiente. Por fin entendía que el futuro de su matrimonio no residía en su capacidad de tener hijos, sino en su capacidad de confiar en que él no le haría daño.

Cristiano se preguntó qué quería ella decir con que «nunca le había dado ninguna indicación».

Tumbado de espaldas con las manos en la nuca, rememoraba dos años de matrimonio, enfrentándose a algunos hechos incómodos.

Le había comprado joyas. Flores. Utilizando esos canales que ella había identificado con tanta astucia. Regalos extravagantes que, a su modo de ver, probaban la profundidad de sus sentimientos.

Ella siempre se los había agradecido, pero ¿cuánto tiempo había invertido él en esos regalos? Le había dado lo que pensaba que quería, no lo que ella quería en realidad. Eso lo avergonzaba.

La había tratado igual que a otras mujeres de su vida anterior, que medían cada regalo por su valor económico. Pero los regalos caros de un hombre rico no significaban nada para una mujer como Laurel, que había creado su propia empresa y estaba orgullosa de su éxito. No buscaba seguridad financiera, sino emocional; él no se la había dado. Ella había anhelado muestras de su amor y él, en su arrogancia, había asumido que al casarse con ella ya lo había dicho todo. Y cuando ella había dejado de creer en la relación, él ni siquiera se había planteado tener parte de culpa.

Maldiciendo entre dientes, saltó de la cama y localizó el bolso de Lauren. Encontró lo que buscaba, y con ello en la mano salió a la terraza iluminada por la luna. Ella no estaba allí.

«Huyendo de nuevo», pensó. Pero esa vez la seguiría hasta el fin del mundo, si hacía falta.

No le hizo falta ir tan lejos. La encontró en su despacho, acurrucada en uno de los sofás con un libro en la mano y Rambo y Terminator tumbados a sus pies, guardándola. Recordó lo que le había contado sobre esa habitación llena de libros que la había enamorado.

Eso le había hecho entender que leer había sido su manera de escapar del mundo y de compensar todo lo que faltaba en su vida. Era impresionante cuánto había conseguido partiendo de casi nada.

–Si nunca tuviste libros de niña, ¿cómo desarrollaste tu pasión por la lectura? –preguntó.

–Tuve una maestra fantástica. La señorita Hayes. Era muy buena conmigo –Laurel dejó caer la mano y acarició la cabeza de Terminator.

–Deja el libro. Necesito hablar contigo.

Ella dejó el libro sobre el regazo, en silencio.

–Yo no veía nuestra relación como la veías tú. Ahora me doy cuenta de que daba mucho por sentado –para una vez que necesitaba fluidez de palabra, le estaba fallando–. Es cierto que fui culpable de cierta arrogancia, lo admito –paseaba de un lado a otro–. Pero en parte se debía a que no sabía lo que estabas pensando. Tuve mucha culpa, pero tú también erraste al no hablarme de tu pasado. Si lo hubieras hecho, habría entendido la razón de que te costara tanto confiar en la gente, y me habría ocupado del tema.

—¿Habrías añadido «tranquilizar a Laurel» a tu lista de cosas que hacer? Yo no soy un proyecto.

—¡No he dicho eso! ¡Deja que me explique! —la súbita explosión fue recibida con un gruñido de Terminator—. Ese perro es demasiado protector.

—Me quiere.

—Y por lo visto aceptas ese amor sin cuestionarlo, mientras que los demás tenemos que dejarnos la piel para conseguir lo mismo —soltó el aire de golpe—. Nunca he sentido por otra mujer lo que siento por ti.

—No dejas de repetir lo mismo.

—Si vuelves a hablar antes de que acabe, encontraré la forma de hacerte callar, perro o no perro —la amenazó. Ella cerró el libro—. Admito que pensé que con casarme contigo había dejado claros mis sentimientos. Ahora veo que no dediqué suficiente tiempo a expresarte mi amor, pero no tenía ni idea de que dudabas de él. Aquel día tomé una decisión terrible, pero te juro que no pensé en ningún momento que perderías al bebé.

—¿Tenemos que volver a hablar de eso?

—Sí. No vamos a renunciar a lo que tenemos, así que debemos dejar claro lo que sentimos. Me casé contigo porque te amaba y quería pasar el resto de mi vida a tu lado. No dediqué el tiempo suficiente a hacértelo saber —suspiró con fuerza—, pero tienes que entender que mi fallo se debió a la presión del trabajo, no a la falta de amor. Como mucho, puedes acusarme de complacencia.

—Y de arrogancia.

—Sí, también —farfulló Cristiano—. Cometí errores,

pero nunca me dijiste lo que sentías y creía que nuestro matrimonio era sólido y bueno. Tú no lo veías así y no dijiste nada. Te regalaba joyas y me dabas las gracias. Sufrías los poco sutiles comentarios de mi madre sin decirme nada.

–Es tu madre y la quieres.

–Tú eres mi esposa y te quiero –dijo él, comprendiendo que ella nunca había tenido una madre ni una familia que la amara sin condiciones–. Mi primera responsabilidad es para contigo. Siempre lo será –contuvo el aliento, esperando su respuesta–. Di algo. Pero no insistas en lo de mi arrogancia. Eso ya ha quedado claro.

–Si seguimos... –dejó la frase en el aire–. ¿Qué será de esa familia que soñabas con tener?

–Tú eres la familia que soñaba tener, en cuanto lo demás... –ignorando a los perros, se inclinó hacia ella, agarró sus manos y la levantó–. Lo solucionaremos juntos. Tendrás que decirme lo que piensas y te escucharé con atención. Te amo –tomó su rostro entre las manos–. Cuando acabe de demostrártelo no habrá lugar a dudas en tu mente.

En el silencio que siguió, él entendió el significado de la palabra «suspense». Se preguntó qué iba a hacer si ella lo rechazaba, porque se sabía incapaz de aceptar un «No».

–Si vuelves a hacerme daño, no habrá otra oportunidad –los ojos verde mar atraparon los suyos.

–Si vuelvo a hacerte daño, Terminator me comerá –farfulló él. Abrió la mano y le mostró su anillo de boda–. Debe estar en tu dedo, no en tu bolso. Póntelo y no vuelvas a quitártelo nunca.

Capítulo 9

ESTO forma para de tu plan para que confíe en ti? ¿Llevarme al cráter de un volcán? –Laurel aferraba el asiento del helicóptero mientras miraba los campos de lava y la boca del volcán con una mezcla de miedo y fascinación.

El piloto de Cristiano había volado desde Palermo y les había recogido para hacer un tour aéreo de esa parte de la isla.

–¿Vamos a aterrizar?

–Hoy no. Hoy veremos el paisaje desde arriba –su sonrisa era tan sexy que ella no podía dejar de mirar su boca. La atracción era tan fuerte que le daba vueltas la cabeza.

Los días se habían fundido en una larga e indulgente expresión del amor que sentían.

–Tal vez ya hayamos hecho suficiente turismo por un día –murmuró ella, odiándose por su debilidad–. ¿Volvemos a casa? –se le aceleró el corazón al pensar en lo que eso implicaría. Ambos eran insaciables. Por más tiempo que pasaran en la cama, no se cansaban el uno del otro.

–No podemos volver a casa aún.

–¿Por qué no?

–Es una sorpresa. Están haciendo cambios en la casa –no quiso decir más y eso intrigó a Laurel.

Desde que le había vuelto a poner la alianza en el

dedo, apenas habían pasado tiempo en casa. Él se había ausentado unas cuantas veces para hacer llamadas telefónicas, que ella había supuesto eran de negocios. Ya no estaba tan segura.

La casa ya tenía gimnasio y sala de cine. ¿Qué más podía haber en una casa cuando la vida tenía lugar principalmente al aire libre?

El piloto volvió a sobrevolar el volcán y Laurel decidió olvidar la casa y disfrutar de estar con Cristiano. Era muy buen guía y tenía extensos conocimientos sobre el Etna.

—No habíamos dedicado suficiente tiempo a hacer cosas juntos —dijo él cuando el helicóptero regresó a la casa—. A veces hablábamos de trabajo hasta cuando estábamos cenando.

Caminaron hasta la terraza. Allí les sirvieron limonada fría que Laurel aceptó con una sonrisa.

—No tienes que disculparte por eso. Soy tan adicta al trabajo como tú, pero estoy de acuerdo en que no encontramos un término medio —se oyó un fuerte ruido y ella miró hacia la casa—. ¿Qué son esos golpes?

—Es parte de tu sorpresa —frunció el ceño con impaciencia—. El ruido me está volviendo loco. Vamos a dar un paseo.

Laurel habría preferido quedarse junto a la piscina, pero al ver la expresión de su rostro comprendió que realmente quería sorprenderla con lo que fuera que estuviese planeando. Así que permitió que la condujera por el camino que atravesaba el naranjal hasta las ruinas del anfiteatro grecorromano.

—¿Estás respirando bien? —preguntó él, ajustándole el sombrero para protegerla del sol.

—Sí. El ejercicio no me provoca asma. Es una suerte, o tendría que dejar mi trabajo.

—¿Por qué elegiste el fitness como profesión? Es raro, teniendo asma.

—El asma fue la razón. Estaba empeñada en estar en forma. Cuando esa pareja decidió no adoptarme intenté ignorar el hecho de que tenía asma. Dejé de utilizar el inhalador, pero eso me llevó al hospital unas cuantas veces. Entonces decidí que sería más sensato enfocarlo de otra forma, así que busqué toda la información que pude. El asma varía en cada persona, pero en mi caso el ejercicio era bueno. Cuanto más en forma, más sana. Mi detonante siempre ha sido el estrés.

—Me siento como un bruto por haber provocado ese ataque la noche antes de la boda de Dani.

—Si no lo hubieras hecho, tal vez no habríamos vuelto a hablar —dijo ella, sintiéndose amada.

—Sí habríamos hablado. No te habría dejado marchar. En cuanto bajaste del avión deseé encerrarte en la villa y no dejarte ir nunca. Y tú sentiste lo mismo.

—Sí —la necesidad de estar con él la había abrasado. Aún le costaba creer que estaban juntos.

De la mano, siguieron paseando entre las ruinas, admirando la vista del mar y el Etna detrás.

—Nunca me canso de este lugar. Ojalá pudiéramos vivir aquí —dijo ella.

—¿No echas de menos la ciudad?

—No. Pero vivir aquí no es práctico, ¿verdad? —pasó los dedos por una enorme piedra y se sentó—. Tú no puedes dirigir tu negocio desde aquí, ni yo el mío. Puede que no sea solo el lugar, sino que cuando estamos aquí no trabajamos.

—Tendremos que llegar a un compromiso. Venir más a menudo. Pasar aquí, por ejemplo un mínimo de una semana al mes —se sentó a su lado.

–Es un plan maravilloso, pero en la práctica pasarás mucho tiempo en el avión, como siempre.

–Santo va a ocuparse más de esa parte del negocio –Cristiano estiró las largas piernas–. Es quien está buscando nuevos terrenos y negociando. Yo paso más tiempo aquí, supervisándolo todo –puso la mano en su nuca y la atrajo para besarla.

Pero ni siquiera eso consiguió distraer a Laurel de la conversación. La semilla de la esperanza empezó a germinar en su interior.

–¿De verdad crees que podría funcionar? ¿Podrías pasar más tiempo aquí, en Taormina?

–Los dos podríamos pasar más tiempo aquí. Pero no conduciría. El helicóptero es más práctico.

–¿Te he dicho alguna vez lo lejos que estás de la vida real? –Laurel no daba crédito–. Lo dices como si fuera un medio de transporte normal.

–Es una opción genial. Con el helicóptero, da igual dónde esté. Puedo utilizarlo para recorrer la isla y también para llegar al aeropuerto si necesito el avión. Hablando de aviones, tengo buenas noticias –sonó muy satisfecho consigo mismo–. He encontrado un médico que hablará con nosotros sobre lo que ocurrió. Nos aconsejará y nos dirá si se puede hacer algo. Solo tenemos que llamar para concertar una cita.

–Ya he visto a un especialista –Laurel empezó a sentirse fatal–. Me dijo que no puedo tener hijos.

–Viste a un médico local y, la verdad, ángel mío, la atención médica que recibiste dejó mucho que desear. Te mereces lo mejor y lo tendrás.

–El equipo del hospital me salvó la vida.

–Cierto, pero se trata de una especialidad muy concreta. Ha habido grandes avances en los últimos años. No creeré que no hay esperanza hasta que lo oiga de alguien que sabe lo que dice. No discutas. Es lo menos que puedo hacer por ti.

Sonó su teléfono y, en vez de ignorarlo como hacía últimamente, se puso en pie para contestar.

Por eso no vio la reacción de Laurel, que se había quedado helada. Él quería ayudar y la culpa era de ella, por no haberle dicho lo que sentía.

–¿Quién era? –preguntó cuando él regresó.

–Tenemos que volver a casa.

–Pensé que tenía prohibida la entrada en la casa –Laurel temblaba tanto que no estaba segura de que las piernas fueran a soportar su peso.

–Ya no. Tengo una sorpresa para ti. Un regalo –agarró su mano y frunció el ceño–. Tienes la mano fría. ¿Estás bien?

–Estoy perfectamente.

Quería decirle que no necesitaba regalos de él, pero solo podía pensar en que iba a hacer que la viera un médico y eso era lo último que quería.

–Estoy deseando que lo veas.

–¿Al médico?

–Hablo de mi regalo –la miró con indulgencia.

–Ah. Seguro que me encantará –consiguió decir ella. Sabía que tenía que decirle la verdad.

Volvieron a la casa y Cristiano la llevó al despacho, una de sus habitaciones favoritas. Se detuvo con la mano en el pomo y ella se preguntó qué regalo podía merecer tanto drama.

–Dijiste que no pensaba en lo que tú querías. Que mis regalos no eran personales –tenía la voz ronca y la miraba expectante–. Este regalo es muy personal y espero que te demuestre cuánto te amo.

Ella quería decirle que no importaba cuánto la amara, que su relación no tenía futuro si seguía esperando que tuvieran hijos, pero no tuvo oportunidad, porque él abrió la puerta y dio un paso atrás. Laurel tragó saliva, atónita.

Lo que había sido un despacho de alta tecnología, había sido transformado en biblioteca. Había altas estanterías de madera clara, talladas a mano, en todas las paredes. El escritorio de Cristiano había sido sustituido por dos enormes sofás que invitaban a sentarse a leer. Pero lo que más le llamó la atención era que las estanterías ya estaban llenas de libros.

Laurel fue hacia ellas con piernas temblorosas y un nudo en la garganta. Vio muchos de sus libros favoritos, y otros muchos que no había leído.

Tendría que haber sido el regalo perfecto.

Habría sido el regalo perfecto si no hubiera sabido que su amor no tenía futuro.

Recordó la vez que, siendo una niña, alguien le había dado un globo grande y reluciente, que había estallado unos instantes después.

Ladeó la cabeza y miró los libros. Su globo reluciente. Sacó uno y lo examinó.

–Es una primera edición.

–Sí. Y antes de que digas nada, tuve ayuda buscándolos, porque no soy ningún experto en libros antiguos. Pero la idea fue mía. Y les di una lista. Me puse en contacto con esa maestra de la que hablaste, la estimable señorita Hayes, y ella me puso al corriente de lo que debería haber en una biblioteca británica bien provista.

–¿La señorita Hayes? ¿Cómo la encontraste? –el nudo que tenía en la garganta era enorme.

–Soy un hombre con influencias, ¿recuerdas? –pero su voz tenía un deje de incertidumbre que ella no había oído nunca–. ¿Te gusta?

–Oh, sí –que hubiera hecho eso por ella, hacía que todo lo demás pareciera mucho peor.

–Tengo otra cosa para ti –recogió un paquete envuelto de la mesa y se lo dio–. Quiero que leas este libro primero.

Laurel se preguntó por qué había envuelto ese en concreto. Tras quitar el papel descubrió un libro de cuentos de hadas bellamente encuadernado.

–Oh... –se le cascó la voz y agarró el libro con fuerza, incapaz de hablar por culpa de la emoción.

–Dijiste que nunca tuviste uno de niña. Pensé que había que remediarlo –le quitó el libro de las manos e inclinó la cabeza hacia ella–. En los cuentos de hadas también pasan cosas malas, pero eso no significa que no pueda haber un final feliz. La princesa siempre consigue al hombre guapo y rico, aunque haya manzanas envenenadas y ruecas malignas por el camino.

–No sé qué decir –Laurel tragó saliva.

–Pensé que te gustaría. Que te haría feliz –la miró consternado.

Era el momento de decirle que no quería ver al médico que había buscado. Tenía que explicarse.

–Soy feliz. Me encanta. Y me emociona muchísimo que te hayas acordado... –las lágrimas empezaron a derramarse por sus mejillas. Él soltó una imprecación y la abrazó con fuerza.

–Comprendí que tenías razón al decir que no te había hecho regalos personales. Asumía que un diamante sería bien recibido, sin pensar que para ti no sería especial.

–Ahora me siento como una desagradecida –murmuró ella, apretando el rostro húmedo contra su pecho–. No es que no me gusten los diamantes. Es que sé que has regalado muchos y no implican amor. Pero esto... –alzó la cabeza y miró las filas de libros– es tan especial.

–Quería que fuera una sorpresa. Te perdiste la infancia y quiero darte un curso intensivo.

–Te quiero –Laurel, sintiéndose fatal, lo rodeó con los brazos.

–¿Puedes repetirlo? –la besó con alivio.

–Te quiero.

Posiblemente fuera el momento más sincero de su matrimonio. La emoción era un afrodisíaco tan potente como la atracción física que los consumía a ambos. Segundos después estaban desnudos sobre la alfombra, con los libros como únicos testigos de su insaciable deseo.

Bastaba un beso devastador para que ella se convirtiera en un ser apasionado y complaciente. Y el beso no se limitaba a sus bocas, sino que se extendía por sus cuerpos, entrelazados y pulsantes. Ella clavó las uñas en sus hombros, sintiendo los músculos largos y duros. Él deslizó la mano entre sus muslos y sus dedos la exploraron con destreza, convirtiendo su ardor en pura llamarada.

Ella lo necesitaba tanto que gimió su nombre, suplicante y desesperada. Él, igualmente deseoso, cambió de posición.

Cuando la penetró, ella gritó de alivio por lo bien que hacía que se sintiera. Su cuerpo se tensó alrededor de él, que tuvo que hacer un esfuerzo para contenerse.

Pero ella no quería que se contuviera e hizo cuanto pudo para volverlo loco con la lengua y las manos, hasta que él perdió su legendario control y embistió con fuerza, llegando a lo más profundo.

Después atrapó su boca e iniciaron un intenso beso que aún seguía cuando ambos alcanzaron la inevitable cima del placer. La explosión de éxtasis sexual los dejó saciados y exhaustos.

Más tarde nadaron en la piscina, disfrutando de la puesta de sol. La luz bailaba sobre el agua, sacando destellos dignos de un diamante.

Tendría que haber sido perfecto. Pero Laurel estaba sufriendo una agonía.

—Cristiano, hay algo que tengo que decirte —él la rodeó con los brazos.

—Pues dilo.

—Antes dijiste que habías llamado a un especialista. Cuando dijiste que estar casado conmigo era más importante que tener hijos, yo... yo no sabía que pensabas consultar a médicos y hacer lo posible para tener un bebé.

—Quería hacerlo por ti.

—¿De veras? ¿Por mí o por ti?

—No quieres que lo haga —estrechó los ojos.

Ella podía haber mentido. Podía haber dejado que la relación siguiera su curso, pero no lo hizo.

—No —movió la cabeza, sabiendo que su futuro estaba en juego—. No quiero. Hay algo que no te he dicho. No he sido completamente sincera.

—Dímelo ahora.

—Perder nuestro bebé fue lo peor que me había ocurrido nunca. Cuando sentí los primeros dolores pensé: «No, por favor, cualquier cosa menos esto». No había nada que quisiera más que ese bebé —sus ojos se llenaron de lágrimas—. Y lo perdí. Cuando me dijeron que no podría tener más hijos, no me importó. No quería otros hijos. Solo me importaba el que había perdido. Nunca jamás habría vuelto a pasar por eso, nunca me habría arriesgado. Nuestro matrimonio ya había fracasado, así que no poder tener hijos se convirtió en algo irrelevante.

—¿Aún piensas lo mismo? —inspiró con fuerza.

—Sí. Aunque fuera posible, y no lo es, no pasaría por eso. Para mí, estar embarazada no supuso emoción y alegría, sino miedo y pérdida.

—Laurel...

—Esto no tiene que ver con lo que ocurrió entre nosotros, Cristiano. Aunque hubieras estado allí, habría perdido al bebé. Estaba devastada y tenía que alejarme. Si solo hubiera gritado, habría llegado un punto en el que habrías querido que hablara de lo ocurrido y yo no podía. Quería esconderme.

—Así que te fuiste.

—Hice mal —empezó a llorar—. Tenía el corazón roto y me desquité contigo. Te culpé de todo. Y era incapaz de decirte lo que estaba sintiendo.

—Pero ahora lo has hecho... —la apretó contra sí—. Ahora que entiendo lo que quieres, no volveré a hablar de especialistas.

—¿Y qué pasa con lo que quieres tú? —tenía el rostro hundido en su cuello y sus lágrimas se mezclaban con el agua de la piscina.

—Te quiero a ti —afirmó con tono posesivo. La apartó para mirarla a los ojos—. A ti. Siempre. Creía que lo había dejado claro.

Ella se sintió ligera por dentro, relajada. Como si se hubiera quitado un gran peso de encima.

—Hay otra cosa, algo que llevo tiempo pensando. No sé qué pensarás al respecto.

—Dímelo y lo averiguaremos.

Laurel titubeó, porque realmente no tenía ni idea de cómo iba a reaccionar él.

—Lo que me gustaría de verdad sería adoptar un niño —dijo de carrerilla—. Y no solo porque no podamos tenerlo nosotros. Quiero que ofrezcamos un hogar. No a un bebé, todo el mundo quiere adoptar bebés. Me refiero a un niño mayor, perdido y solo, que no sepa lo que es sentirse querido. Quiero llenar un dormitorio de juguetes y libros pero, más que nada, quiero que seamos una familia para alguien que no tiene esperanza de tenerla.

–Sí, yo también quiero eso –era típico de su generosidad no titubear siquiera–. Oír lo que pasaste me horroriza. Y tenemos mucho. Me encantaría ofrecer un hogar y una familia a un niño que lo necesite. Y tú serás una madre maravillosa.

Esa respuesta tan positiva la emocionó más que ninguna otra cosa. Su corazón se abrió a él por completo y se abrazó a su cuello.

–Eres muy especial.

–¿No era un arrogante y controlador adicto al trabajo? –él enarcó una ceja.

–Eso también –decidió asegurarse de que hablaba en serio–. ¿Estás seguro? No será fácil.

–Sabes que adoro los retos –sonriente, la besó.

Siguieron en el castillo hasta que una llamada de Santo interrumpió su idilio. Una crisis de trabajo requería su presencia. Cristiano miró a Laurel, aún dormida, festejando la vista con su cuerpo desnudo.

La tentación de vivir en ese paraíso el resto de sus días era enorme. Allí era imposible que ella se escondiera. Inmersos en su mundo privado se habían protegido de la realidad. Sabía que en el mundo real las cosas cambiarían. Él tenía un negocio que dirigir y ella también. Por mucho que se esforzaran, a veces tendrían que separarse.

Se vistió y salió con el teléfono a la terraza. Escuchó a su hermano al tiempo que pensaba en los retos que esperaban a su matrimonio. Habían avanzado mucho en esas semanas, pero no sabía si lo que habían creado perduraría cuando volvieran al mundo exterior.

Pensó que su matrimonio era como un barco. Tras reparar el casco, flotaba bien en puerto, pero no sabía si aguantaría el embate del mar abierto.

Dio instrucciones a Santo y colgó el teléfono.

–¿Va todo bien? –preguntó ella desde la cama. Con ojos adormilados, sin maquillaje y con el pelo revuelto, estaba preciosa.

–Todo bien –decidió posponer el momento de decirle que tenía que volver a Palermo, pero ella percibió algo y salió de la cama.

Se agachó para recoger la prenda de seda que había empezado la noche sobre su cuerpo y acabado en el suelo. Ese movimiento bastó para hechizarlo. Cuando se reunió con él en la terraza, puso las manos en su nuca y la besó largamente.

–Mmm... –se apartó de él–. ¿Qué me ocultas?

–¿Qué te hace pensar que te oculto algo?

–Tu expresión –rodeó su cuello con los brazos–. Dímelo.

–Tengo que regresar. Una crisis en el proyecto de Cerdeña requiere mi atención. Lo siento mucho, mi amor –esperaba ver decepción, pero ella sonrió.

–Está bien. Sabíamos que no podíamos quedarnos para siempre –afirmó con valentía.

–No digas que está bien cuando estás pensando otra cosa. Dime lo que piensas, quiero saberlo.

–De acuerdo –sus ojos chispearon burlones–. Estoy pensando que no quiero que te vayas. Quiero que nos quedemos aquí para siempre.

–Por lo menos ahora sé que dices la verdad.

–Pero ambos sabemos que no es práctico quedarnos. Y este trato es muy importante para ti, lo entiendo. No puedes delegarlo en otra persona.

–Ocurra lo que ocurra, nada cambiará cuánto te quiero –tomó su rostro entre las manos y la besó–. Dime que lo entiendes.

–Lo entiendo.

Cristiano no se hacía ilusiones. Esos últimos días ella se había abierto más que nunca, pero él sabía que cuando se sentía amenazada, se cerraba al mundo. Era su forma de protegerse.

–Una semana –prometió contra sus labios–, volveremos por una semana. Y empezaremos y acabaremos cada día juntos. Desayuno y cena. Cerdeña está muy cerca de Sicilia. No pasaré mucho tiempo fuera. Es una promesa.

Capítulo 10

LAUREL observó a Cristiano enviar un correo electrónico con una mano mientras se anudaba la corbata de seda con la otra. En la mesa había una taza de café, ya frío, que no había tenido tiempo de beberse. Desde que habían llegado al Palazzo Ferrara había estado abrumado de trabajo.

Sintió una punzada de añoranza por la sencillez de su vida en Taormina. En Palermo compartía a Cristiano con muchísima gente. Él había cumplido la promesa de desayunar y cenar juntos, pero la noche anterior habían cenado pasadas las once.

Además, la incomodaba la grandiosidad del palacio. Las paredes estaban llenas de obras de arte de valor incalculable. Cristiano se alojaba allí cuando tenía que estar en la ciudad, pero prefería la villa en el Ferrara Spa y su nueva casa en Taormina.

Su hogar. El de los dos.

La palabra hogar hacía que se sintiera de maravilla. Se derretía por dentro al pensar que el increíble hombre que tenía delante era suyo. Era adicto al trabajo, sí, pero ella adoraba su energía y su entrega. Cristiano asumía responsabilidades y compromisos con el trabajo y con su familia desde mucho antes de que ella lo conociera.

Laurel se acercó y terminó de anudarle la corbata mientras él, gesticulando, soltaba una indignada parrafada en italiano. Cuando colgó la llamada estaba visiblemente enfadado.

—¡Abogados! —tensó la mandíbula—. Son capaces de hacer que un hombre se dé a la bebida. Tengo que volar a Cerdeña y había pensado pasar la tarde contigo. Iba a llevarte de compras.

—Estaré bien. Dani ha vuelto de su luna de miel y vamos a vernos en el Spa, para hacernos la manicura y charlar. Y le he prometido a Santo echar un vistazo al club deportivo del complejo: voy a observar a los entrenadores en acción y hacer algunas recomendaciones. Después buscaré un despacho vacío y contestaré los mensajes que he ignorado desde que fuimos a Taormina.

—Puedes usar mi despacho, pero preferiría que no tuvieras que trabajar hoy.

—No tengo que trabajar. Quiero trabajar —Laurel dio un paso atrás, preguntándose si llegaría el día en que no le temblaran las rodillas solo con mirarlo—. Ya está. Estás muy elegante.

«Pecaminosamente guapo», pensó. «Y mío».

—Volveré a tiempo para llevarte a cenar —Cristiano llevó la mano a su chaqueta—. He descubierto un nuevo restaurante...

—En ese caso, me compraré un vestido nuevo.

—Hazlo —se inclinó hacia ella y la besó—. Hablé con mi madre, por cierto. La horrorizó saber que habías pasado por eso sin decírselo a nadie. Habría deseado que confiaras en ella.

—No es mi fuerte, como sabes.

—Intenté explicárselo, pero no quería hablar de tu pasado sin haberte perdido permiso —acarició su mejilla con los nudillos—. Podrías confiar en ella. Le ayudaría a entender.

–Quiere verte feliz. Eso lo entiendo muy bien.

–Soy feliz –la abrazó con fuerza–. ¿Cómo podría no ser feliz teniéndote a ti?

El teléfono sonó y él suspiró con exasperación.

–Echo de menos Taormina –rezongó.

Un segundo después salía por la puerta. Su mente ya estaría centrada en solucionar el asunto de Cerdeña. Un trato muy importante para él.

–Soy muy lista –Dani, encantada consigo misma, ajustó el ala de su sombrero–. Sabía que, si os reunía, no aguantaríais sin tocaros. Y Cristiano está a punto de cerrar el negocio sardo, así que habrá un «felices para siempre» para todos.

–¿Por qué es tan importante lo de Cerdeña? –Laurel estaba sentada en una hamaca, a su lado.

–Era el sueño de nuestro padre –Dani se puso crema en las piernas–. Quería tener hoteles en las dos islas. Pero es difícil conseguir terreno para construir allí. Cristiano encontró el lugar perfecto porque es un genio. Y hace que la gente casi se sienta obligada a vender. Por eso tiene que finalizar el trato en persona. Se lo venden a él, confían en que hará lo correcto. Que construirá sin arruinar el entorno. ¿Qué tal Taormina?

–Una belleza.

–Es un sitio muy romántico –Dani admiró sus uñas recién pintadas de rosa–. Tiene que haber sido como una segunda luna de miel. Cuando quieras darme las gracias por haberos unido de nuevo, no dudes en hacerlo.

–No te rindes, ¿verdad? –Laurel se rio.

–No. Y ahora voy a pasar al plan B.

–Cristiano y yo estamos juntos –Laurel cambió de postura–. No necesitamos un plan B.

–El plan B se centra en tener bebés –Dani tenía la cara vuelta hacia el sol, por eso no vio cómo se tensaba Laurel–. ¿No crees que sería divertido estar embarazadas a la vez? Nuestros hijos podrían jugar y crecer juntos, como hice yo con mis primos.

Laurel no podía acusar a su amiga de insensibilidad porque nunca le había contado lo ocurrido. Pero había llegado la hora de hacerlo.

–Dani...

–Imposible. No puedo guardar un secreto –Dani se sentó y se apartó el sombrero de la cara. Sus ojos brillaban–. Estoy embarazada. Me hice la prueba anoche. Raimondo quiere que espere unas semanas antes de decirlo, pero tú eres especial.

–¿Estabas embarazada cuando te casaste?

–¡No, claro que no! –protestó Dani con indignación–. Y baja la voz. ¿Quieres que mis hermanos le den una paliza a mi marido? Es un bebé de luna de miel –sonreía de oreja a oreja.

–Solo lleváis dos semanas casados.

–Tres –Dani se rio–. Es obvio que no perdías el tiempo mirando el reloj cuando estuviste en Taormina. Llevo casada tres semanas enteras.

Laurel la miró atónita. Lo pensó y era verdad. Eso significaba que... Se sintió palidecer y vio que Dani la miraba con preocupación.

–¿Laurel? ¿Estás bien?

–Es el calor. Voy a ir a tumbarme un rato. No me encuentro bien. Estoy mareada.

–¿Mareada? –su rostro se iluminó–. Tal vez estés embarazada también. Eso sería fantástico.

–¡No! Es decir... no es posible.

–¿Por qué no? Llevas tres semanas practicando el sexo sin descanso. Toma... –Dani rebuscó en su bolso y puso un paquete en la mano de Laurel–. Compré dos, pero me bastó con uno. Úsalo tú.

Era un test de embarazo.

Laurel tenía la boca seca. Una mujer que no podía quedarse embarazada no necesitaba eso.

–No, gracias. No puedo estar embarazada.

–Eso pensaba yo –dijo Dani con alegría–. Y resultó que me equivocaba. Mira, si quieres...

–Tengo que ir a tumbarme –Laurel se alejó de su amiga, chocó con una silla y bajó los escalones.

No podía estar embarazada.

Diez minutos después estaba sentada en la villa vacía, mirando un test de embarazo positivo y tragándose la amarga bilis del miedo.

Estaba volviendo a ocurrir, pero esa vez no había júbilo inicial, solo terror profundo y oscuro. Con manos temblorosas, sacó el teléfono del bolso y marcó el número de Cristiano.

Cuando saltó el contestador, sintió pánico.

–¿Cristiano? –el nombre sonó como una especie de susurro desesperado. Entonces recordó que él había apagado el teléfono porque estaba finalizando el trato sardo. No tenía tiempo de hacer de nodriza y no era justo que lo pusiera en esa situación. Anhelaba pedirle que volviera a casa, pero consiguió controlarse–. Llamaba para desearte suerte en la reunión.

Cristiano iba a entrar en la reunión más importante de su vida cuando sonó su teléfono. Era Santo, para darle las últimas cifras que necesitaba.

Armado con todo lo necesario para cerrar el trato, Cristiano colgó y vio que tenía un mensaje.

Entró en la sala de reuniones comprobando el buzón de voz. Se detuvo en seco al oír la voz de Laurel:

—*¿Cristiano? Llamaba para desearte suerte en la reunión.*

Debía de haberle llamado mientras él hablaba con Santo.

Frunció el ceño, sin prestar atención a los hombres que, sentados alrededor de la mesa, esperaban que iniciara la reunión. ¿Por qué había llamado para desearle suerte? La había visto esa mañana y se la había deseado en persona.

—¿Cristiano? —la voz de Carlo sonó inquieta, pero alzó la mano para silenciarlo.

—Necesito hacer una llamada. Disculpadme —Cristiano salió de la sala y marcó el número de Laurel. No hubo respuesta.

Maldiciendo entre dientes, consultó su reloj. Se suponía que estaba sentada junto a la piscina cotilleando con su hermana. Volvió a escuchar el mensaje y esa vez captó el cambio de tono de voz y la larga pausa que había desde que decía su nombre hasta que le deseaba suerte.

Lo escuchó de nuevo. Algo iba mal.

Llamó a su hermana pero, como era habitual, su teléfono comunicaba.

—¿Cristiano? —Carlo lo llamó desde el umbral—. ¿Qué diablos pasa? Te están esperando. Hemos tardado cinco años en llegar a este punto.

Cristiano llamó a Laurel de nuevo, pero su teléfono estaba apagado.

Laurel nunca lo llamaba si estaba trabajando.

Solo lo había hecho una vez antes.

—Tendrás que cerrar el trato sin mí —siguiendo un instinto que no podía identificar, Cristiano ya salía por la puerta.

–Pero... –dijo su abogado, atónito.

Era demasiado tarde. Cristiano se había ido.

Laurel estaba tiritando, sentada en el suelo del lujoso cuarto de baño, cuando la puerta de la villa se abrió de golpe y oyó a Cristiano gritar su nombre.

–¿Qué ha ocurrido? –preguntó al verla–. ¿Qué haces aquí?

–Has venido –le castañeteaban los dientes, pero sintió un intenso alivio al verlo.

–Claro que he venido, aunque la próxima vez preferiría que fueras directa y evitaras lo críptico. Tu mensaje no tenía ningún sentido –frunció las cejas con preocupación, la levantó del suelo y la llevó al dormitorio. Ella esperaba que la dejase en la cama, pero se sentó con ella en el regazo–. Dime qué ocurre, tesoro. ¿Es el asma?

–No –no podía dejar de tiritar, pero se sentía mucho mejor por dentro porque él estaba allí.

–Estoy embarazada.

Él se quedó de piedra. Atónito.

–Me dijiste que...

–Te dije lo que me dijeron. Que no podía quedarme embarazada. Que era imposible –su voz subió de volumen y él le habló en italiano para tranquilizarla, ocultándole su propio miedo.

–Laurel, sé que estás asustada pero todo irá bien. Tienes que confiar en mí. Es una buena noticia, ángel mío.

–No –sus ojos se llenaron de lágrimas–. No puedo tener un bebé. Que esté embarazada no implica que vaya a tenerlo. La última vez...

–Esta vez será diferente –lo dijo con tanta certeza que en cualquier otro momento ella le habría reprochado su arrogancia.

–No puedes saber eso.

–Ni tú puedes saber lo contrario –le acarició el pelo con manos fuertes y capaces.

–Los médicos dijeron que no podía quedarme embarazas. Si lo hubiera creído posible, te habría hecho utilizar protección.

–Creo que esta vez no nos fiaremos de esos médicos –sin soltarla, sacó el teléfono del bolsillo. Marcó un número, habló rápidamente en italiano y colgó–. Ya te dije que había investigado. Encontré a alguien con mucha experiencia en casos como el tuyo. Voy a pedirle que venga lo antes posible.

–¿Y si él no puede verme?

–Es ella, y si no puede venir, iremos a verla.

Por primera vez desde que había descubierto su embarazo, Laurel sintió que se relajaba un poco.

–Estabas en mitad de una reunión. Me parece increíble que hayas venido.

–¿De veras pensabas que no lo haría?

–Hoy era muy importante para ti –sintió una oleada de culpabilidad–. Lo he arruinado todo.

–Nada de eso. Pero ¿por qué no me pediste que vinieras cuando dejaste el mensaje? Dijiste mi nombre con desesperación y luego me deseaste suerte. Me dejaste jugando a las adivinanzas.

–Había olvidado lo de la reunión. Cuando la prueba dio positivo, sentí pánico y te llamé. Estaba desesperada por hablar contigo. Cuando saltó el contestador recordé dónde estabas y lo que hacías, y que por eso habías apagado el teléfono.

–No lo apagué. Estaba hablando con Santos cuando llamaste.

–Eso no se me ocurrió. Me di cuenta de que estaba siendo injusta contigo y te desee suerte.

–Escuché el mensaje otra vez y noté la diferencia de voz entre el principio y el final –inspiró con fuerza–. Me alegro muchísimo de que me llamaras.

–¿Te alegra que haya arruinado el negocio más importante de toda tu carrera?

–Eso no importa. Lo importante es que tenías problemas y recurriste a mí. Es una buena noticia. En cuanto a la otra buena noticia... –puso la mano sobre su abdomen y sonrió–. ¿No te advertí que volvería a dejarte embarazada? Soy superviril, ¿no?

–Superarrogante –dijo ella con una leve sonrisa.

–Es un hecho. Te he dejado embarazada.

–Supongo que opinas que soy una mujer afortunada –Laurel, riendo, le golpeó en el hombro.

–Eso no hace falta decirlo. Y yo soy un hombre afortunado porque me has dado el mayor regalo posible. Me llamaste. Confiaste en mí.

–Y tú viniste.

–Siempre vendré. Siempre estará disponible para ti y para nuestra familia. No volverás a necesitar ese inhalador porque me tendrás a mí.

–Eres demasiado protector.

–Siciliano –la besó–. Y loco de amor por ti.

Epílogo

LA TERRAZA se iba llenando de gente. Desde el dormitorio, Laurel observaba los lujosos coches que llegaban al castillo por el camino, ya libre de baches. Lo único que no había cambiado era la vieja llave oxidada que él le había dado. La guardaba en un cajón, junto a la cama.

–¿Qué haces aquí? –preguntó Cristiano, a su espalda–. Te esperan en la terraza.

–Subimos a buscar el conejito de peluche de Elena, y se ha quedado dormida –miró con cariño a su hija, en el centro de la cama, que lucía un vestido amarillo pálido, regalo de su abuela. Intento mantenerla limpia para la fiesta.

–Una batalla perdida, diría yo –Cristiano conocía el espíritu aventurero de su hija–. Dani y Raimondo han llegado con Rosa. Está deseando ver a su prima.

–A Elena le pasa lo mismo. Son muy amigas.

–Hablando de amigas... –Dani entró en la habitación, sonriente, y abrazó a Laurel–. Predigo que celebrarán su cumpleaños juntas el resto de su vida. ¿Qué hacéis aquí? Tendríais que estar abajo, recibiendo a vuestros invitados.

–He delegado esa tarea en Santo... –Cristiano besó a su hermana, se inclinó y recogió un peluche de debajo de la cama–. ¿Buscabais esto?

Elena abrió los ojos y bostezó. Cristiano alzó a su hija en brazos y le dio el conejito.

–¿Rosa? –Elena miró a su alrededor.

–Venga, vamos a buscar a tu prima –Laurel sonrió–. Es hora de que empiece la fiesta.

–Dámela, por favor –Dani extendió los brazos hacia su sobrina–. Tu prima Rosa ya ha encontrado la fuente de chocolate, dudo que ese vestido siga siendo amarillo pálido por mucho tiempo.

–Feliz cumpleaños –Laurel besó a su hija–. Ve con tu tía. Bajaremos enseguida.

Elena se fue con Dani, a buscar a su prima.

–¿Puedes creer que sólo tenga dos años? Se la ve tan segura y feliz... –Laurel sabía que era porque se sentía arropada y querida por su familia–. ¿Qué es eso? –preguntó, al ver que Cristiano tenía una carpeta en la mano.

–Es lo que hemos estado esperando –Cristiano dejó la carpeta en la cama y agarró sus manos.

–¿En serio? ¿Es posible? –el corazón le dio un bote–. No me atrevía ni a pensarlo. No quería ni preguntar cómo iba, por si traía mala suerte.

–Todo está firmado y aprobado. Está hecho.

Habían hecho falta dos años, un montón de papeleo y el poder e influencia de Cristiano, pero su persistencia por fin iba a tener recompensa.

En alguna residencia italiana, una niña llamada Chiara iba a pasar su última noche sin familia.

–¿Cuándo podemos recogerla?

–Mañana –acarició su mejilla–. Sabes que no será fácil, ¿verdad? Me preocupa que esperes que todo vaya como la seda; habrá muchos baches, al menos al principio.

–Sé que no será fácil. La vida no lo es, pero los baches nos ayudan a descubrir quiénes somos, y nos dan valentía –alzó la vista hacia él, maravillada por lo mucho que había cambiado. «Gracias a él», pensó. Él hacía que se sintiera segura, y saberse amada le daba el valor para expresarse con libertad–. Durante un tiempo me preocupó que, como habíamos conseguido tener a Elena, no quisieras seguir con esto.

–No me lo planteé ni una sola vez.

–¿Alguna vez deseas que hubiéramos poder tenido más hijos de nuestra sangre? –preguntó ella, apoyando la cabeza en su pecho.

–¿La verdad? No. No podría hacerte volver a pasar por eso, y yo tampoco lo soportaría. La preocupación casi acabó conmigo –la abrazó con fuerza–. Tenemos una hija sana y preciosa, nos tenemos el uno al otro y otra hija viene de camino. Siempre dejo de jugar cuando voy ganando.

–Escucha –abajo se oían los gritos y risas de niños y niñas jugando–. ¿Sabes lo que es eso?

–¿Qué?

–Podría equivocarme –Laurel sonrió y agarró su mano–, pero parece el sonido de un final feliz.

–O eso, o un montón de niños a punto de poner fin a la paz de la piscina –ironizó él. De la mano, fueron a dar la bienvenida a la familia.

**Siena deseó con todas sus fuerzas
que Nick no hubiera aparecido...**

Habían pasado cinco años
desde la última vez que lo
había visto. Ella había creci-
do y ya no era una adolescente de diecinueve años,
perdida en la fantasía del
príncipe azul.

No tenía sentido que su llegada le afectara tanto. Aunque ella no fue la única mujer en la sala que se había
fijado en él. Sus atractivos
rasgos, su arrogante planta
y su cuerpo alto y musculo-
so le dotaban de un magne-
tismo irresistible para todas
las mujeres que había en el
restaurante.

Su carisma era muy peligroso. Por eso, era mejor que
lo dejara estar...

Una noche en Oriente

Robyn Donald

Acepte 2 de nuestras mejores novelas de amor GRATIS

¡Y reciba un regalo sorpresa!

Oferta especial de tiempo limitado

Rellene el cupón y envíelo a
Harlequin Reader Service®
3010 Walden Ave.
P.O. Box 1867
Buffalo, N.Y. 14240-1867

¡Si! Por favor, envíenme 2 novelas de amor de Harlequin (1 Bianca® y 1 Deseo®) gratis, más el regalo sorpresa. Luego remítanme 4 novelas nuevas todos los meses, las cuales recibiré mucho antes de que aparezcan en librerías, y factúrenme al bajo precio de $3,24 cada una, más $0,25 por envío e impuesto de ventas, si corresponde*. Este es el precio total, y es un ahorro de casi el 20% sobre el precio de portada. !Una oferta excelente! Entiendo que el hecho de aceptar estos libros y el regalo no me obliga en forma alguna a la compra de libros adicionales. Y también que puedo devolver cualquier envío y cancelar en cualquier momento. Aún si decido no comprar ningún otro libro de Harlequin, los 2 libros gratis y el regalo sorpresa son míos para siempre.

416 LBN DU7N

Nombre y apellido	(Por favor, letra de molde)
Dirección	Apartamento No.
Ciudad	Estado	Zona postal

Esta oferta se limita a un pedido por hogar y no está disponible para los subscriptores actuales de Deseo® y Bianca®.
*Los términos y precios quedan sujetos a cambios sin aviso previo.
Impuestos de ventas aplican en N.Y.

SPN-03   ©2003 Harlequin Enterprises Limited

Términos de compromiso

ANN MAJOR

El millonario Quinn Sullivan estaba a punto de conseguir la empresa de su enemigo. Solo tenía
que casarse con la hija menor de
su rival. Sin embargo, cuando
Kira Murray le rogó que no sedu-
jera a su hermana, Quinn se sintió intrigado.

Por fin una mujer que se atrevía
a desafiarlo, una mujer que le
provocaba sentimientos mucho
más intensos que los que alber-
gaba por su prometida. Ahora el
magnate tenía un nuevo plan: se
olvidaría de la boda… pero solo
por un precio que la encantadora
Kira debía pagar de buena gana.

Solo bajo sus condiciones

¡YA EN TU PUNTO DE VENTA!

Cuando la pureza converge con la pasión...

La niñera Maisy Edmonds montó en cólera cuando un desconocido intentó llevarse al pequeño huérfano que tenía a su cargo, además de robarle unos besos demasiado escandalosos y explícitos. ¿Podía el famoso magnate de los negocios Alexei Ranaevksy ser de verdad el padrino del niño? Cuando se vio obligada a instalarse en la mansión que Ranaevsky tenía en Italia, la única intención de Maisy era proteger al pequeño Kostya... y nada más.

La infancia de pesadilla que Alexei vivió le impedía formar vínculos emocionales con nadie. Sin embargo, la seductora dulzura de Maisy iba a cambiar aquello...

En la torre de marfil

Lucy Ellis